36 New York Poets

ニューヨーク現代詩36人集

D.W.ライト 編　江田孝臣 訳

思潮社

目次

Contents

装幀＝戸塚泰雄

36 NewYork Poets

ジャック・アグエロス　*Jack Agüeros*

一九三四〜二〇一四年。ニューヨーク生まれ。プエルトリコ系。四年間空軍に勤務。詩人、翻訳家、劇作家、活動家。市の民生業務にも関わる。プエルトリコ系の芸術家を支援した。

天使の配置をめぐる讃美歌
Psalms on the Deployment of the Angels

分配の讃美歌

主よ
グリニッジ・ヴィレッジの

六番街とブロードウェイの間の
八丁目には
靴屋がたくさんあります
私は不思議に思ってしまいます
なぜ地上には
裸足の人々がいるのでしょう

主よ
あなたは分配担当の天使を
クビにしなければなりません

主の似姿の讃美歌

主よ
あなたはインディアンにタバコを与えました
あなたは白人にアルコールを与えました

あなたはアラブ人にカフェインを与えました
あなたは中国人に火薬を与えました

主よ、私はタバコから逃げられません
アルコールをやめられません
コーヒーのない世界を
想像できません

火薬のほうは
なくても平気ですが
四六時中まわりでパンパン音がします

主よ
もし私たちがあなたに似せて創られたのなら
あなたは重度のアル中で
タバコ喘息で、コーヒー中毒の
ガンマンにちがいありません

新しい絵画の讃美歌

主よ、今日はクリスマスでしたが
角笛を吹く天使たちを
見かけませんでした

酔っぱらって狼藉をはたらく連中なら
わんさか見かけました

そして五番街で
ルネサンス様式の
新しい絵画について
インスピレーションを得ました

主よ、お禁じになるファックスが
天国から来なければ
こう呼ぶつもりです

「商品の礼拝《アドレーション・オブ・マーチャンダイズ》」*

再設計の讃美歌

主よ、設計担当の天使に
言ってもらえますか

私たちが戦争や酒場や地下鉄で
ズドンとやられる定めなら、外骨格をお与えください
ロブスターが着ているようなやつです
でも防弾鎖帷子《くさりかたびら》でお作りください

私たちはコンクリート（玄関先、歩道
階段下）の上で寝る唯一の動物です
どうしてカタツムリみたいに背中に
家を背負わせてくれなかったのですか

* *The Adoration of Merchandise*　キリスト誕生を描いた有名な画題「東方三博士の礼拝」（The Adoration of the Magi）にかけた洒落。

主よ、ついでに憐れみの天使を
たたき起こしていただけますか

環境保護の讃美歌

主よ、環境保護の天使様に命じられたので
トイレのタンクに煉瓦を入れました
ホームレスみたいに
ゴミを選別しています

主よ、ゴミの分別が
アマゾン川流域の芝刈りや
オゾンホール掘削に対する
答えになると
本気で思っておられるのですか

主よ
どうぞ
ご確認ください

私の信仰の讃美歌

主よ、私の信仰心が冷めはじめているというのは
真実ではありません
人々が
キャンドルから出る煤《すす》のために、教会のネズミが癌になった
などと言うのと同じです
私は、キャンドルの光が弱すぎて
あなたの雲まで届かないのではないかと思っております
水爆キャンドルが必要なのでしょうか

天使はレーザー光線がお好きなのでしょうか

主よ、こんな風に考えをめぐらせていると
あなた様を大してありがたいと思えなくなりました

主よ、休暇中ですか

シャーマン・アレクシー *Sherman Alexie*

一九六六年、ワシントン州に生まれる。スポーケン族出身の詩人、小説家、映画監督。子供向けの小説 *The Absolute True Diary of a Part-time Indian* で二〇〇七年の全米図書賞（児童書部門）を受賞。邦訳『はみだしインディアンのホントにホントの物語』（さくまゆみこ訳、小学館、二〇〇九年）

（インディアンが）ニューヨーク（シティ）でやるべきこと
Things (For an Indian) To Do in New York (City)

I

「南北アメリカ街*」を歩くんだ
それってほんとは六番街なんだけどね

* Avenue of the Americas 一九四五年に六番街（Sixth Avenue）がこの名前に改名されたが、いまでも通称は六番街。

おれが言いたいのは、その「南北アメリカ街」の
ド真ん中を歩けってこと

そしてタクシーの運ちゃんに片っ端から「愛してる」って言うんだ
さもなきゃ、朝の三時に
ブルックリンのウィコフ通りの真ん中を
イカレ男みたいに両手を振って歩くんだ

そのわけは、知り合いのニューヨーカーに言われたんだが
そうすりゃ路上強盗が近寄って来ないんだってさ
でも思うに、そんなイカレたようなインディアンは
路上強盗のいいカモじゃ

ないかな
でも多分、おれなら連中を笑かしてやる
そいでカネもらって、またもうひとつ
カンノーリ*を買うんだ、カンノーリだ、カンノーリだ

＊シチリア発祥の菓子。

さもなけりゃ、おれは路上強盗被害者じゃなく
路上強盗そのものに見えるって、自分に言い聞かそう
だって、おれは色は黒いし、長髪だし
それに、あの色の黒い長髪の路上強盗たちは
すれ違うときはいつだって、「よう兄弟！」みたいに

うなずいて見せるんだ
でも待てよ、ほんとはどいつもこいつも路上強盗なんだ
あのウールのスーツを着た白人はつい今しがた
おれの財布をスリやがって
南北アメリカ街の人ごみのなかに
消えちまった。もう分かってるだろうけど
それってほんとは六番街なんだ
でもラッキー！　やつがスッたのはオトリの
財布で、中に入ってるのは二十ドル札一枚と
ミスター・Xのセピア色の写真一枚こっきりなのさ

2

テッド・ベリガン*のソネット集を読め
そして思え、人間みんな似てるってことを
でも共通点は全然

ないんだよね。おれは通りを行く
ひげ面《づら》男や美しい女を呼び止める、「カネを出せ！」
すると、みんなが詩人なんだ。どいつもこいつも

ひげ面で、美人だ。どいつもこいつも
詩人だ。玄関口の酔っぱらいを
「邪魔だ！」ってんで転がすと、ロバート・フロスト*を

口ずさむとくる。ひぇー、こいつはホームレスの
フォーマリスト*だ。いくら恵んでやったら
いいんだろう？

＊Ted Berrigan（一九三四〜八三）ニューヨーク派第二世代の詩人。『ソネット集』*The Sonnets* で知られる。

＊Robert Frost（一八七四〜一九六三）アメリカの国民的詩人。

＊定型詩を書く詩人。

3

人類が全員、同じ街に
集まるってことはない。でもタイムズ・スクエア*には
おれたち路上強盗が全員集合
ピストル抜いて、歯むき出して
おれは肌の色のちがう奴を見つけて
ぶっ殺してやりたい！　いやそうじゃない
親の宗教を理由に
バス一台分の子どもをぶっ殺してやりたい！
それからタイムズ・スクエアのド真ん中に
ヘイト・マシーンを据えつけて、そいつを

*まだ治安が悪かった頃の有名な繁華街。

「ピアーノ」って呼びたい。マンハッタンに
サーカスのテントを張って
「チャーチ」って呼びたい。騎馬警官を呼び止めて
「おお、神よ」と言ってみたい

4

いま何時ですか？　おれは
この残忍な街を行く女を呼び止めて
たずねる。十二時二分よ

と、女は歩きながら
答える。実際、女の言った時間は
正しかった。ああ、なんて親切なんだ
それから、おれは腕時計をしたやつを
片っ端から呼び止めて

時間をきいた。みんな教えてくれた

ああ、この街にずっと
住みたい！　でもほんとは
ちがうんだ。いま言ったのはウソ

だって、もう午後一時三十四分で
マチネが始まるまで
三時間なんだ*

5

ホテルの隣り部屋で下手《へた》なギターを弾くやつくらいザンネンな存在ってないよね。とんでもなくイカレた時間に、ぶきっちょな指でコード進行をやらかすんだ。そのうち、BフラットとFの間に長いポーズが入るたびに、ああ、こいつは小さいときに白人の家にもらわれたインディアンだなって、分かるんだよ。頭が混乱し、捨て鉢になって、ニューヨーク・シティでロック・スターになるんだって、

*実は、話し手も腕時計を持っている。でも通行人に時間を訊くと、みんな一時間前の時刻を答える。話し手はみんながウソをついていると腹を立てるが、夏時間（十一月最初の日曜日で終了）が終わったことを、ニューヨーカーでない話し手が知らないだけ。

やって来たわけだけど、結局、白人の父さん母さんのところに帰りたくなったんで、街でギターをボロンボロンやって帰りのバス代を稼いでるってわけ。白人の父さん母さんは奴をすっごく愛していて、流行《はや》りのやり方で髪を編んでも何にも言わないし、パウワウ踊り*に行きたいって言えば、二泊三日で一緒について来てくれるんだ。へんてこなドラムのリズムのおかげで、帰り道にへんてこな歩き方になってるのに気づいて、ちょっと恥ずかしくなったりしてさ

6

おれはハッピー・エンディングを探してたのに
見つけたのは東五丁目の路上に放置された
冷蔵庫だった
それからカウチに
椅子三脚付きのダイニングテーブルに
電子レンジも見つけた。ランプも

*アメリカ・インディアンの伝統舞踏。

コーヒーテーブルもテレビも見つけた
まっさらの靴一足も見つけた

7

おれは考える。居留地を出たら、それまで褐色だった世界が
みな真っ白になった
でもここはニューヨーク・シティで、みんな褐色だけど
でもここはアメリカでもあるんだから、まだみんな
真っ白で、でも正確にはアメリカは
真っ白じゃないんだけど、でもアメリカはまさしく真っ白で
無色で、その手を汚すには、あれやこれやの血が必要なんだ*

8

この頃
やんなきゃならないことが多すぎて
ブルックリンの年代物のアパートから

*米軍の下級兵士の多くが少数民族の若者で構成されていることを指す。念頭にあるのは一九九一年の湾岸戦争。

外に出ることさえできない

それに正直、おっかないんだ
だっておれは
モネとマネのちがいが分かる
アメリカ・インディアンだもん

だから部屋でテレビを見るだけ
だっておれはアメリカ・インディアンで
地下鉄まで歩くと、心臓が両方とも
破れちまうかもしれない

9

テレビをつけると、ヨーロッパのサッカー場ではまた暴動発生
いまおれたちが観ているアメリカのスタジアムの試合でも
いつ起こってもおかしくない
暴れる理由がある連中に

チケットを買うカネがあればの話だけど

10

だが、アメリカよ、お前の息子たちが
人を手っ取り早くぶっ殺す方法を、いつだって見つけられるのは
なぜなんだ?

インディアンだったら自動弓矢*なんてものは
発明しなかっただろうよ
でもアメリカよ、おれはそれでもお前を愛してる
これまで教えられてきたやり方で
愛してる、つまり
びくびくしながら、ってこと

11

だから、マンハッタンで
ウェイトレスやウェイターに出会うたびに

*「自動拳銃」に引っかけて。

恋に落ちる、なんてことが
どうして可能だろうか

待ってくれ、おれは連中の誰とも
恋に落ちてないよ
たぶん、料理のせいだ
でも、仕事はひどいが

連中のゴージャスなことときたら！
皿やカップを
落っことしても
音楽みたいに聞こえるくらいさ

12

みなさんアメリカ人全員に感謝します
エミリ・ディキンスンとウォルト・ホイットマンを輩出してくれました

自動車を発明し、オーソン・ウェルズを生んでくれました
飲み水にフッ素を入れてくれました

13

地下鉄に乗ってると、突然、おれの隣りの席にもう一人
インディアンが座ってる。びっくり！　地下鉄に
インディアンが乗ってる。ブルックリン発マンハッタン行きの
F列車、月曜の午後、びっくり！
もう一人インディアンが乗ってる。つまり、地下鉄のおれの隣りの席に
アメリカ・インディアンがもう一人座ってる
ほんとに、おれのすぐ隣りの席に。脚が触れ合う
そしておれは確信する。彼女の服の下はインディアンだ
ネイティブ・アメリカンだ、アボリジニだ
服を着ててもインディアンだ。彼女の服はインディアンだ
だって着てるのが彼女だから。F列車で
ブルックリンからはるばるマンハッタンまで行く
インディアンがいる。彼女はおれの奥さんで、おれを愛してる

おれを愛してる。おれを愛してる

末期のノスタルジー
Terminal Nostalgia

おれの若い頃の音楽は、お前の若い頃の音楽より
ずっとよかった。天気もそうだった

コロンブスが来る前は、鷲の羽は
おれたちのために、自ら抜けてくれた。天気もそうだった

戦争のあいだは、国中が一丸となって
あらゆる悪と闘った。天気もそうだった

バッファローは皮革になるのを喜び
足にぴったりの靴になった。天気もそうだった

コロンブスが来る前は、鷲の羽は
鷲より大きかった。天気もそうだった

野球の試合といえばダブルヘッダーだった
ミッキー・マントル*はしらふだった。天気もそうだった
アダムとイブの前には、アイリッシュ・セッターは
神とボール遊びに興じた。天気もそうだった
コロンブスが来る前は、鷲の羽は
インディアンと結婚した。天気もそうだった
インディアンは貸し手でも、借り手でもなかった
鮭がぼくらの貨幣だった。天気もそうだった
その頃は、人はゴージャスな手紙を書き

＊Mickey Mantle（一九三一〜九五）ニューヨーク・ヤンキーズの主砲。スイッチヒッター。アル中で、晩年は二日酔いで打席に立った。

今よりもっと詩を読んだ。天気もそうだった

問題が持ち上がっても、反対するのはいつも一人だけだった
でもぼくらは彼も愛した。天気もそうだった

コロンブスが来る前は、鷲の羽は
鷲を産んだ。天気もそうだった

ぼくらはみんな老賢者に弟子入りし
何日も瞑想した。天気もそうだった

ぼくらはマイナーコードや抗生剤の
ギター奏者であり、発明者だった。天気もそうだった

誰もが町の中心に住み
収入も同じだった。天気もそうだった

コロンブスの前は、鷲の羽は
瞬間に生きた。天気もそうだった

ユーラ・ビス　*Eula Biss*

一九七七年生まれ。エッセイスト、ノンフィクション作家。詩集 *The Balloonists*（2002）がある。ノースウェスタン大学教授。シカゴ在住。

私の父
My Father

六歳のとき、窓の桟いっぱいにスズメバチの死体がころがっているのを見た。恐ろしいスズメバチの黒い体が、ホコリにまみれていた。父から靴紐の結び方をおそわってすぐ、父の靴紐を結んであげた。父は鎖骨を折って、腕を使えなかったから。スズメバチの桟から稲光が見えた。父の青いシャツの小さな白いボタンを留めてあげた。父は腕を脇腹のところで曲げていた。

一度、父のズボンが固く凍って、支えもないのに立っているのを見た。父が氷の張った池に落ち、戻ってきたのだ。シャツのボタンが凍って、外せなかった。

私は、父に頼まれ、シャツを引き抜くように脱がせてやる。首から血が流れ落ちている。父は首をのけ反《ぞ》らせて、静かに立っている。新しいシャツに血をつけたくないのだ。胸は真っ青で、ぎこちない。その体は奇妙なほど私の体に似ている。私には形も幅も分かる。車で病院に連れて行く途中、体が震えて何もできない父は、スピードを出すな、左を見ろと私に言う。

父は、水っぽい外科手術用ライトの下で横たわっている。まだ顎から血がしたたり落ち、鎖骨のところに溜まっている。医者が針を刺すと父の体がこわばり、最初の縫い目が固く閉じられると、私の目と父の目が合う。

メアリー・ボニーナ

Mary Bonina

マサチューセッツ州ウスター生まれ。低所得者のためのボランティアを含む、さまざま活動や仕事に従事。デニーズ・レヴァトフのワークショップに参加。著作には失明した父の回想記 *My Father's Eyes: A Memoir*（2013）もある。

漂う

Drift

今夜の街は死んでいる
わたしは、世界に冷たく当たる
凍った視線を投げる。額に清らかな雪

ボタニカ＆マーケットの入口にライムとレモンが
何箱も積んである。体が暖まるのを感じる
店の中では、一家総出で働いている
彼らの血管を南国の熱い血が流れる
棚にはチリ・ペッパーの薬味が並ぶ

少年がフロリダ・サンキストでジャグリングしている
わたしはガラスに鼻を当てて
見物する。体が解け始める
少年がわたしに気づく。タイミングが狂い
レモンが床に落ちる。少年は自分の両肩をハグする――
〈外は吹雪で寒そうですね〉

ドナ・ブルック *Donna Brook*

一九四四年、ニューヨーク州バッファロー生まれ。夫はHanging Loose Pressを主宰する詩人ロバート・ハーション。ブルックリン在住。

手作りの階段 *Building a Staircase by Hand*

シャーマン・アレクシーのために

ブルックリンのうちの裏庭で、メキシコ人の職人が
紡錘形の〈手すり子〉に何日も

紙やすりをかけている。「合衆国じゃ」と彼が言う
「だれも木に敬意を払わんですな」
ふん!
木だけじゃなく
お互いに
敬意を払うことだってしませんよ
それから、壁に立てかけた
余分な踏み板について
たずねると
クレセンシオは
粗末な松の厚板に目もくれずに、言う
「ああ、これですかい
こいつは階段には
向きませんわ。なんか他のものを
作りますわ」

*

五番街と十八丁目の角のバーンズ&ノーブル書店では
レスリー・シルコーのような小説家を、「小説(作家名のアルファベット順)」の
棚ではなく「インディアン」の棚に並べている。だから大学出版局から短編集
一冊だって出版しなかったクレージー・ホースの隣りに
ジェイムズ・ウェルチ*が同居している

*

このまえ南アフリカに旅行に行ったアリスが戻って来た。彼女によれば、向こうの黒人は、いまでも白人よりもインディアンを嫌っているとのこと。もちろん、この国やラテン・アメリカのインディアンじゃなくて、もう片方のインディアン。つまり南アフリカ生まれのインド人のこと

*

階段を手作りするのは
楽じゃない、でも

＊James Welch(一九四〇〜二〇〇三) アメリカ・インディアンの詩人・小説家。

その価値あり、とみんな異口同音
だって、毎日の昇り降りにも
ボブ*とノンブイと私は
まずは踏み板がちゃんとあるか、固定してあるかを確かめ
次に位置を変えながら
古くてまだぐらぐらの傾《かし》いだ踏み板から
新しいしっかりした踏み板に、足を移すのだから
この新しい踏み板はすごくきれいで
テーブルにしたいくらい。だからクレセンシオが
二つ目の階段に取りかかったとき
私らは〈蹴り上げ〉があったスペースから
声をかける。クレセンシオは
地下室から笑いを浮かべ
私らは玄関ホールから
ふざけて手を振る

＊夫の詩人ロバート・ハーション。

ジェイン・コルテス　*Jayne Cortez*

一九三四〜二〇一二年。アリゾナ州出身。アフリカ系詩人、活動家。ジャズのリズムに合わせた朗読が有名。

ニューヨークよ、ニューヨークよ

New York, New York *

ニューヨークよ、ニューヨークよ
アタマに空いた、おセンチな穴ボコくんよ
失業中のノッポのパーキングメーターみたいなポーズして
シャワーキャップふたつはないだろう

＊原題の"New York, New York"は、通常は「ニューヨーク州ニューヨーク市」の意味。ここではおそらく一九七七年の同名のミュージカル映画と主題曲に引っ掛けている。

リンゴの芯と使用済みコンドームの地下鉄の階段よ
ラッキースポットのあばら肉バーの前で、またあぶら売ってんのか
スイートピーの着古したスエットスーツよ
どこで浴びたか、血だらけじゃねえか
そびえ立つランプ肉よ、その正体はひょっとして
〈恋する青年理髪店《ラヴァー・ボーイ》〉の屋根に積もったハトのウンチか
お前はいまだに
軍隊の暗号みたいに秘密めかして
奴隷貿易ぽくって、威張りくさって
相変わらずインフレ固着で
いつだって行政命令に飛びついて
欲の皮突っ張らせる準備は完了か
そいつがお前だ
時計が四時を打てば肉食毒牙の点々に
資本主義的チンチンをぴったり合わせるヤカラさ
うす汚いフェティッシュなデクの坊め
真っ白な落書きだらけのトラックのボンネットに座りやがって

アーカンソー・アッシュダウンのファンキーな紙工場の臭いふんぷん
あたしにゃ見えるよ
〈忘れないでね美容室《リメンバー・ミー》〉で
巨大な自意識的自我を忘れないようにしているお前が
そいつがお前さ
ケツまでズボンをおろして
鼻にバンパー・ステッカー貼って
雪をかぶった生ゴミの山みたいな腹を
黒のレザージャケットに詰め込みやがって

マーティン・エスパーダ　*Martin Espada*

一九五七年、ブルックリン生まれ。プエルトリコ系。詩人、活動家、弁護士、マサチューセッツ大学教授。政治批判の詩で知られる。

真実を語る者たちに祝福を
Blessed Be the Truth-Tellers

ジャック・アグエロスのために

ブルックリンの低所得者団地《プロジェクト》じゃ、みんなが嘘つきだった
お袋がよく言ってた
「喧嘩を吹っかけられたら

背中を向けて、歩き去るんだよ」
そしたらそいつはお前の後頭部を
ピシャッとやってから
お前のまわりをひと巡り踊って、笑うだろうって

十二のとき、扁桃腺に
腫物ができた。みんなが言った
手術すれば、好きなだけ
アイスクリームを食えるって
おれはまんまんと真《ま》に受けた

おれはもう二度と、ベルを鳴らして走る販売車を
追っかけ、息を切らせながら
アイスクリーム売りのジョニーを捕まえることはない
(ジョニーは、バニラ色のヘロインも
同じ車の窓から売ってるって話だった)

それから真実の語り手ジャックが団地にやって来た
毎年「三賢者の日」*にイーストハーレムの雪のなかを
本物の駱駝や羊を連れて歩くジャックだ
監獄の独房や競馬場やボクシング・リングについて
ソネットを書いたジャックだ
市長がプエルトリコ人の雇用を増やすまで
両腕を組んでハンストをやったジャックだ

ジャックは言った
「扁桃腺を取っちまうのか
ああ、プエルトリコ名物豚の唐揚げ《クチフリット》に祝福《ベンディート》あれ！
ありゃ痛いぜ」

おれは麻酔をかけられた
病棟で目が覚めた
吐き気がして、シーツに黒い水っぽいゲロをもどした
患者用のガウンから頭だけ出した男が

＊三賢者（the Kings or the Magi）のキリスト礼拝を祝う祭日。伝統的には一月六日（前夜が「十二夜」）。

上からのぞき込んで、ニヤッと笑った
「そんなのかるい、かるい。これを見なよ」
と言って、耳の後ろにできた腫瘍を見せた
カリフラワーみたいだった。おれはまた黒いゲロをもどした

アイスクリームを食うと焼けるように熱かった
バニラはガラスの破片をまぶした雪玉だった
おれの喉は、二台のタンクローリーが正面衝突して
炎上したトンネルみたいに真っ赤だった

こうしておれは、イーストハーレムの詩人兼羊飼いの言うことを
信じるようになったのだ
真実を語る者たちに祝福あれ
だってやつらは、アイスクリームを食いたいだけ食えるから

カリフォルニア州知事ウィルソン氏*の寝言
Governor Wilson of California Talks in His Sleep

おれたちが好きな
外国人《エイリアン》は
スタートレックに
出てくる
やつらだけさ
なんせ
みんな
英語を
しゃべるからな

* Pete Wilson（一九三三～）共和党の政治家。一九九一～九九年、カリフォルニア州知事を務める。ヒスパニック系移民抑制策で知られる。

エドワード・フィールド *Edward Field*

一九二四年、ブルックリン生まれ。ユダヤ系。第二次世界大戦中、爆撃機の航空士としてドイツ爆撃に従軍。政治的には左翼で、貧しい人々の生活、民話、エスキモー神話に取材。

前立腺讃歌

In Praise of My Prostate

ぼくの知り合いの男たちは、たいてい放射線を照射したり
えぐり出したり、外科的に切除してるけど
ぼくらは穏やかな晩年をエンジョイしている

怖い話を聞けば聞くほど
お前を手放したくなくなる
お前はぼくのものだ。ぼくはお前に今のままでいて欲しい

たしかに、同じ歳の連中と同じように、夜は何度もオシッコに起きるけど
もしこれ以上「石化」しないのなら
文句はない

石化すると石みたいに鈍感になる
でもお前は生きている球根なのだ
たとえぼくらの長い航海のために、球根表面が硬くなっているにしたって

それにお前はまだ肥大し続けている。お前の驚くべき花が
ぼくの体のあちこちでパッと咲き
めしべとおしべがダンスを踊るのだ

ジョアナ・ファーマン *Joanna Fuhrman*

一九七二年生まれ。ブルックリン在住。ユーモラスでシュールな詩を書く。*Hanging Loose* magazine の編集者。

サマー
Summer

ホストのあの女友だちは顔を見せない
ゲストに野生動物を
引き取らせるのに忙しい

わたしはスネークドッグを引き取ることにした
たぶん電気仕掛けのウナギだ。でもそいつの
鋭い歯を肩に感じると

家《うち》の壊れやすいネコの
行く末が心配になる。心もとない家の
秩序も。なんせ借家だ

そして誰かを探すことになっていたのを
思い出す……

半身オオカミで、半身ゾウの動物が
ベッドルームの壁紙がめくれた
割れ目から姿を現わす
フクシア色のローブを着て

カーラーを着けたわたしの教え子が
ランプに照らされた鏡台の前に座っている

長いつけまつげの作る影が
夜の立ち木の枝よりも濃い

火のようなスズメの浮遊する体は
フルートの音色、あるいはひとつの観念のように

ほとんど透明だ

わたしは背を向ける

　　そしてやっと彼女を見つける
　わたしの友だち、この家のホスト

彼女はマティーニ・グラスからラム・パンチをすすっている

からだ全体が微笑んでいるのか、光り輝いているように見える
わたしは、どう考えたらよいか分からない

彼女、酒は飲まなかったはずだ。何十年も飲んでいない
何が変わったのだろうか、と思う。でも
思い出す

癌が勝利したのだった
わたしの友だちは
本当はここにいないし、パーティもない
家だってなかったのだ

ダイアナ・ゲチュ　*Diana Goetsch*

Douglas Goetsch。一九六三年、ダグラス・ゲチュとしてブルックリンに生まれる。二〇一〇年頃以降はダイアナ・ゲチュ。ニューヨーク市の高校や各地の大学で創作を教えている。回顧録『私が着ていたこの体』（*This Body I Wore*, 2021）。グリニッジ・ヴィレッジ在住。

独り暮らし
Living Alone

お前はホームレス男に
コーヒーをおごってやる――お前はヒマだ
自分のカネが何かの役に立つのを見たい

お前は、レンタル・ビデオ店の
外につながれたイヌと仲良くなる
額のベルベットのひだを
何度もなでなでする
イヌはお前が立ち去るのを悲しむ

お前はウェイトレスが大好き――
ウェイトレスは必ず戻ってくる

お前はいまでも
高校一の美人を夢に見る
キックラインのセンターにいた娘《こ》＊だ
お前は人気《ひとけ》のないビーチで
彼女とチェスをしている
日が沈もうとしている
お前の手番だ

＊アメリカン・フットボールのチアリーダー中の花形。

お前は、もう少しで同棲し
かけた女に電話をかける
女はインディアナの農場にいて
だんなはとっくに死んでる
赤ん坊の泣き声が聞こえる

人生はすぐ隣りにある。階段を昇るお前の鼻先に
ステーキソースがただよう

キャロライン・ヘイグッド　*Caroline Hagood*

ブルックリン生まれ。ブルックリン在住。詩人・小説家。高尚な文学とポップカルチャーを織り交ぜたユーモラスで辛辣な詩を書く。*Hanging Loose* magazine の編集者。第1詩集 *Lunatic Speaks*（2012）、第二詩集 *Making Maxine's Baby*（2015）。

ウルティマ・テューレ
Ultima Thule

エリオットの耳には人魚たちの歌が聞こえた。* でも私の場合は、毎朝毎朝
何が書けたか、執拗に尋ねる（遺棄された）機械の声だ
出っ歯のネズミイルカにそっくりだ。孤独というのは

＊冒頭はエリオットの「J・アルフレッド・プルーフロックの恋歌」の末尾への言及。

白髪と同じで、ほうっておくと子供をつくる
コーヒーをがぶ飲みしながら夜更かしする問題点は
脳みそがそっくり、別のケダモノに化けてしまうことだ
自他の境界がすべてチョコレートのように溶けてしまい
頭の中のサーカス・リングで、そいつが駆り立てる生き物は
「馬」と呼ばれるものより、もっと手に負えない
マイナス空間に置かれたときだけ、何かを創造する力だ
心の奥を深く掘り進み、怯懦を払いのけ
私の内なる「極北の地《ウルティマ・テューレ》」＊を、ミルクとスパイスの国を見せてくれるのだ
私は、自分で読みたいと思うものを書きたかった。だから万年筆を
庭に持ち出し、土に植えてみた。芽を吹いたので
よく見ると、弱強格《アイアンビック》の葉っぱと視床下部がついていた

＊ブリテン島のはるか北にあると信じられていた伝説の島。

キミコ・ハーン　*Kimiko Hahn*

一九五五年、ニューヨーク州生まれ。母はハワイ出身の日系人、父はドイツ系。源氏物語など日本文学にも取材。虐げられたアジアの女性を主題化。

アロハシャツ

The Hawaiian Shirt

彼の最初の記憶は
母親の乳房を吸ったあと
父親のアロハシャツにモドしたことだった
何年もたって父親が言った

お前は哺乳ビンで育てた、と

アボカド
The Avocado

パーフェクトなアボカドを求めて、あなたは
野菜売りの屋台や食料品店を出入りし
行商人の周りをぐるぐる歩く。ようやくあなたは
理想の堅さ（柔らかさ）、最高の輝き
これ以上ない香りとつるつるの手触りを持ち
値段も手ごろ、そしてなにより、振ると
果肉から離れたタネが
ゴトゴトと鳴るアボカドに出会う。でも帰宅すると
子供たちと犬が大きくなっていて
アパートの家具も新品に入れ替えられ
あなたの夫は再婚している。あなたが外出中に

予期しない事故に巻き込まれた、とか
エセ社会主義的宗教カルト集団に駆け込んだ、とか思って
いずれにしても夕食の用意ができていて
あなたも食卓に招かれる

私はウィスキー
Whiskey for Me

むかし飲み過ぎて
翌朝起きても、まだ酔っていた
十時に打ち合わせがあった
二日酔いのまま、エルネスト・カルデナル*の朗読会について
話し合うというのは、変な感じだった
一千人収容できるのはどこのホールで
何曜の何時が一番客の入りがいいかなんて――
あの頃の私には、あなたはそれくらい大事な人だった

＊ Ernesto Cardenal（一九二五〜二〇二〇）ニカラグアの詩人、左翼政治家、解放神学者。

発見
Found

自分の写真を見たとたん
十二歳の寡黙な少女レクは
さっと立ち上がって、写真を激しく指で突《つつ》きはじめる
レクは自分について話したことがなかったのに
いまは大声で話しはじめる――「この子は
母親に売られたの」。さらに大きな声で
「この子は十歳で、オバちゃんって名前の人に
売られたの。オバちゃんは
この子を売春宿に入れ、たたいて
はたらかせたの」。レクは棒切れをつかんで
振りはじめる。振りおろすたびに
新たな事実が飛び出す――
「この子はとっても痛かったの
ひどい頭痛がしたの。たくさん

泣いたの」。レクは毎日はたらいた
たくさんの男を相手にした。タイ人も
外国人もいた。二年後
オバちゃんはレクを飲み屋の主人に売った*

*売春宿で働かされたタイ人の少女が、自分の写真を見せられたとたん、沈黙してきた過去の経験について、怒濤のように語りはじめる。

ロバート・ハーション　*Robert Hershon*

一九三六-二〇二一年。ブルックリンに生まれ育ち、死ぬまで住んだ。ユーモアに富んだ奇抜な詩を書く。*Hanging Loose magazine* の編集者。妻は詩人のドナ・ブルック。

最後のシーン
How It Ends

クラブの外で
女は軍鶏《しやも》のように微笑み
雨の中に歩き出す

男は女にキスするが、ワニ革の靴を
配膳用エレベーターの中に落っことす。キャメラが引くと
建物が未完成であることが
分かる

路地には人影――
宝石は、犬がくわえている！

男は偉大な本を閉じる
男の手を見ると
年寄りだ
一時停止

ヴェール越しの
女の顔のクローズアップ。キャメラが
ぐーっと近づき、巨大な点《ドット》の
模様だけになる

駅を出る通勤電車から
男が手を振るが、コートには
もう血が滲んでいる

降灰の向こうに弱い光――
火山の怒りは鎮まった

女児が人形に話しかける
てかてか光るゴキブリが
窓をのぞき込んでいる

おれはテーブルに札束を投げ出し
「好きなだけ取れ!」と叫んだ*

*映画好きの詩人が、架空の映画のエンディングを夢想する。

おれは医者じゃないけど
I'm Not a Doctor But

おれは医者じゃないけど、七十九丁目の往還バスに乗ると医者をやる
制服姿の女子児童の
ひじやひざ小僧や
鼻に、バンドエイドを
貼ってやった
公園*を通過するとき
知らない年寄りの
盲腸を切ってやった
(麻酔なし。代わりに小鳥の歌を
たっぷり聴かせた
バスの運転手の両耳を切除してやった
運転手は静寂が大いに気に入った
マディソン街とコロンバス街の間じゃ
患者が倍増する

*セントラルパーク

忙しくて目がまわる

穴が語るヒストリー
History by Holes

うちのママは義理の息子を
悪党と決めつけて、古い写真から
やつの顔を残らず切り抜いた
おれの最初の妻の頭も消えちまった

だから披露宴のテーブルじゃ
皆がほろ酔い加減で笑ってるのに
かれら二人だけ顔なしで
傾けたグラスから
首にシャンパンを注いでいる

うちのママの白昼夢を語る
I Tell My Mother's Daydream

モーリーン・オーウェンのために

おれがこんな詩を
書くのをやめて
かわりに小説を
書いたんだってさ、これが
スマッシュ・ヒットでさ
「やつら」が映画化したんだと
これがまたスマッシュ・ヒットさ
それからミュージカルに
なったら
またスマッシュ・ヒットでさ
このミュージカルが
また別の映画になって、小説化されて

テレビの連続ドラマになったんだってさ
それが今夜スタートで、永遠に終わらないんだと
それでママとおれはいまジョニー・カーソン*の前に
立ってるんだが、ジョニーがママに
とてもおれの母親には見えないくらい
若いって、言ってるところなんだってさ*

ガーゼ
Gauze

真夜中の集中治療病棟
ホールに手荷物
ママ、ぼくらはここにいるよ
あなたの目の表情を読もうとする
あなたは呼吸するか、しゃべるか、どちらかしか
できないから

＊Johnny Carson（一九二五〜二〇〇五）NBCテレビの「ザ・トゥナイト・ショー」（一九六二〜九二）で全米に知られた司会者。
＊病床でいま現に見ている幻覚を、息子に実況中継式に語る老いた母親。それをまた息子が詩に語り直す。

それに両手は縛られている
またチューブを引きちぎらないように
あなたはもう一度だけあの話を
したがっている
八十五年と九十五ポンドの怒り
それがあなたの心臓を動かし続けた
でも、もはやどんな鼓動が？　いまは
点滅するＬＥＤとピッピッピの時代だ

母のいない母の家
どの引き出しを開けても、どの部屋に入っても
ソファに泥靴で寝そべっても（やりたければ）
誰も文句を言わない。家族写真の誰の顔が
破り取られているかを見よ
千年経ったクッキーは
土の味がする。おやつの後の大興奮もない

時間がなんかおかしいよ
と母はこぼす
寝ているベッドからは巨大な壁掛け時計が
見えるが、彼女にはなんの意味もない
あたしの時間を返しておくれ
と自分の腕を指さす
ランチの後、彼女の腕時計を持ってきてやる
死んで何時間も母は微笑んだまま

病室に入ると、大男の用務員が
順番にぼくらをハグする
まもなくこいつは、母の遺体を
ぼくらの想像もできない場所に運び去る
母は象牙のように静かな顔で、ベッドに
横たわっている。頭からあごに
ガーゼのバンドを掛けて
口が開かないようにしてある。まるで

中世の聖人の彫像みたいだ

何日も眠っていた隣りのベッドの女が
いまは目を覚ましている
老いた真っ赤な体で寝返りを打つ
彼女も長くはない。ボケてるが愛想はいい
母の具合はどうかと声をかける
ぼくの妹は（彼女の耳には、
今この時、なんと多くの声が
喪失と安堵の合唱が
聞こえていることか）、プロのやさしげな声で
答える。そりゃもう元気ですよ、と

キャシー・パーク・ホン　*Cathy Park Hong*

一九七六年、ロサンジェルス生まれ。韓国系。第一詩集 *Translating Mo'um*（『母を通訳する』2002）は世代間隔差、意思不疎通を主題化。第二詩集 *Dance Dance Revolution*（2007）は多言語、多文化世界を寓喩化。

元祖シャム双生児チャンとエンの存在論*

Ontology of Chang and Eng, the Original Siamese Twins

チャンがしゃべった／エンが沈黙した

チャンがビーチ・ボールを投げた／エンが捕球した

＊実在したシャム王国（現在のタイ）出身の結合双生児チャン・バンカーとエン・バンカー（一八一一〜七四）。「シャム双生児」（Siamese twins）の語源。スコットランド人商人に引き取られ、サーカスの見世物になった。サーカスをやめた後はノースカロライナでプランテーションを経営した。ふたりは近所の姉妹と結婚した。マーク・トウェインの短篇「シャム双生児」のモデル。

チャンが他愛のない嘘をついた／その嘘のせいでエンが捕まった

チャンがシャム語を忘れた／エンが英語を覚えた

チャンが手紙に「おれは」と書いた／エンは「おれらは」と書いた

改宗するとき、牧師がチャンに尋ねた「死んだらどこに行くか知っていますか?」と
チャンが答えた「イエス、イエス、上の方だよ」／質問の意味を理解していないと思った牧師は尋ねた「私が死んだらどこに行くか知っていますか?」と。
エンが答えた「イエス、イエス、下の方だよ」

チャンがアデレインと結婚した／エンは妹のサリーと結婚した

チャンが妻と愛の営みをした／エンはお金とローストビーフとシャム王国の子供時代を夢想した。夢から覚めないように努めた

チャンが腕時計をチェックし、頭を掻き、もぞもぞした／エンは妻と愛の営みをした

チャンが酔っぱらってウイスキーの瓶でエンを殴り、息子たちと飲み騒いだ／エンは気を失っていた

チャンはバーを梯子しながらアインシュタインの時間膨張論を証明した／エンは気を失っていた

チャンがあやまった／エンはしぶしぶゆるした

チャンが沈黙した／エンがしゃべった／チャンが口をはさんだ

「おれはおれだ！」／エンが「うん、おれらはおれらだ」

★

ふたりしてサーカスのコフィン親方と手を切った

ふたりしてノースキャロライナに土地を買い、奴隷四十人を所有した

ふたりしてシャム王国を懐かしんだ。アヒルの卵から
保存食を作ったり、王様といっしょに虎と象の戦いを見た子供時代
ノクかあさんは、ふたりを同じように慈しんでくれた

医者たちはふたりとも「人に好かれる」ことを知って驚いた

ふたりとも下ネタが好きではなかった
「アジア人はみんなつながっているのですか?」、「エンの喉にこの尖ったピンを刺したらどっちも痛いかどうか、試してみていい?」、「君たちは赤ん坊をキャベツに変えられるって本当?」、「ぼくらは善良な文明人です。
あなたにバナナをあげます」

ふたりとも「魅入られる」ってことにうんざりだった

ふたりして目を覚まし、チェッカーをし、子供の親となり、奴隷を打つ鞭《むち》を所有し、狩りをし、パイを食べた。ふたりしてフランス製の黒のシルク地の服を着て、葉巻を吸い、女の子といちゃついた。ふたりして個人主義を信じた

ふたりして陪審員の前でこれらの行為を列挙し、「お分かりでしょう。ぼくらはアメリカ人なのです」と大声で言った

彼らは、またしてもサーカスの勧誘員に暴力を振るったかどで、罰金五百ドルを言い渡された

ふたりして自意識がとても強かった

ふたりして棺は鉄製にこだわった。遺体が盗まれてオークションにかけられないように

ふたりして会話することはなかった。死の間際までは――

「エンよ、おれの唇が青くなり始めたぞ」／エンは答えなかった
「エンよ、やつらがおれらの遺体を欲しがっているぞ」／エンは答えなかった
「エン、エンよ！　おれの唇が青くなり始めたぞ」／エンはそっぽを向いて答えなかった

エメット・ジャレット *Emmett Jarrett*

一九三九〜二〇一〇年。ルイジアナ州生まれ。詩人、聖公会牧師、社会活動家。大学退学後、陸軍に志願。除隊後、コロンビア大学で学ぶ。クレタ島で英語を教える。帰国後、*Hanging Loose* magazine の創刊に参加。

荘子に倣《なら》う*
After Chuang Tzu

本を書くことは、牛の解体に
似ている。包丁の
薄い刃が、関節のわずかな隙間に
入れば、自ずと切れる

牛はバラバラになって地に落ちる
難《かた》いところは難い

＊出典は荘子「養生主《ようせいしゅ》」第三。「今、臣の刀は十九年、解く所は数千牛、而して刀刃は新たに硎《といし》より発せるが若し。彼の節なる者は間ありて、而して刀刃は厚み無し、厚み無きを以て間有りに入る、恢恢乎《かいかいこ》として其の刃を遊ばするに於いて必ず余地有り、是れを以て十九年にして刀刃は新たに硎より発せるが若きなり。然りと雖も、族に至る毎に、吾は其の為し難きを見て、怵然《じゅつぜん》として為に戒め、視ること為に止まり、行ずること為に遅し。刀を動かすこと甚だ微なり、謋然《かくぜん》として已《すで》に解くること、土の地に委《くつ》るるが如し。」

ヘティ・ジョーンズ　*Hettie Jones*

一九三四年、ブルックリン生まれ。ユダヤ系。黒人詩人リロイ・ジョーンズ（アミリ・バラカ）と結婚。ともに出版社を立ち上げてビート派の詩人らの出版に尽力した。

ハーレクリシュナ・オートクチュール
Hare Krishna Haute Couture

ハーレクリシュナの信者が
　五番街の
　古い共同住宅の非常階段に
　彼らの長衣《ローブ》を干している

そこには、何年も前
年とった男が馬鹿でかい綿のパンツを
干していた

そのうち、夜になると決まって大声を
出し始めた――「ポウリス！　ポウリス！
ポリース！　ポリース！　ポリース！」
隣人たちが目を覚まし、壁や床を叩いて
抗議した

やっとポウリスがやって来て
やつを連れ去った

いつかあたしを連れ去りに来たら
もっとましなことを叫んでやろう

ときどき、長衣が乾くあいだ
ハーレクリシュナ信者は
非常階段に座って、お経を読んでいる

剃髪した頭が瞑想する
淡いオレンジ色の長衣が

風に吹かれる。この街に
ブルマーを捧げる

あたしたちの
込み入った歴史もまた

ジョーン・ラーキン *Joan Larkin*

一九三九年、ボストンに生まれる。詩人、エッセイスト、劇作家。フェミニスト活動家。アリゾナ州在住。

罷《まか》り出《い》でたるは
Here Comes

子々孫々の太母
お尻にぶら下げたのは、卵の詰まった袋だ
電灯《でんき》が点くとカサコソと逃げる
お仲間の隠れ家はとっくに承知

子供の体も堅くて黒い。革の前翅《まえばね》は可変翼
後翅《あとばね》には静脈が分岐し交叉する
太母は空中に飛跡を残し、食べ物の在り処を教える
おのれの扁平な体の在り処を教える
お尻に求婚者《オス》を迎え入れる。求婚者は
フェロモンをふりまき、粋《いき》な頭をセクシーに捩《ね》じる
太母はミントとバニラの甘い道を舐めたどり
シンクに残ったパン屑をかじる
切手の糊でも生きていける
太母は船倉に潜んで熱帯からやって来る
飛翔する、疾駆する、カサコソ音を立てる
揺さぶられ、遁走する
太母は四億年前に地上に現われ
一千の呼び名を持つ
太母を地球の隅々に運んだのは人類だ
バルト海の琥珀の中にも見つかる

ナターシャ・ル・ベル *Natasha Le Bel*

一九七九年生まれ。高校生詩人。以下の詩は最初、*Hanging Loose* magazine の高校生セクションに掲載されたが、有名な *The Best American Poetry 1996* に再掲され、読書界を驚かせた。イェール大学でも学生詩人として活躍し、現在はニューヨークの会社勤務。

オンナをハコ詰めする
Boxing the Female

また中にいる自分を見た　ハコの中にいる
自分を見た
ハコには底も　上も
正面もなく　あるのは

四つの側面だけ　直角に
包囲していた　私は
真っ暗な
内部で
低くしゃがんでいた
また、中にいる自分を見た　ハコの中にいる
自分を見た
ハコは　私が大きくなっても
大きくなり過ぎても
私を出さなかった　あるいは
ハコが縮み続けて
熱情的な
狭所恐怖症と化した
また、中にいる自分を見た　ハコの中にいる
自分を見た
私は開かれ
裸だった

女らしい形を隠すための
ヘアも
シャドウもなかった
それが以前あり、かつ
今あるこの女を成型し
形成している
それが露出した場所はとても暗かった
私は覆われることなく
未発見のまま　そこに横たわっていた
鋼鉄の空虚の中で　もろく　ぎこちなく
私はまた自分自身を
脱ぎ
はじめた　脱ぎはじめている　私は
自分の形を取りはじめている
生まれたての体だ　新品で
音楽的官能もたっぷりだ
このハコの深みで　私は

もう閉じ込められてはいない　ハコ入りの
お姫様ではない
無口な景品ではない　秘密の快楽でもない　私は
私自身の醜さである
私の生きた精神を押し潰そうとするこのこぶしを
この真っ暗で堅い四つの壁を
抜け出してしまえば　あなたが私に課す
獰猛な沈黙　その注ぎ込む岩々の中から
私の化学反応が
人間のパターンを
花咲かす　私は
皮膚の下で骨を裏返し
私の歌でこの壁を
砕いてしまおう　私は
成熟したリアルな私を高らかに歌おう
体と心臓と脳が
高まる情熱に　激しく鼓動する　私は

このハコを
あなたのために　私自身のために
開けよう　ハコの中の私は　裸の光だ

ゲーリー・レンハート *Gary Lenhart*

一九四七〜二〇二一年。オハイオ州出身。詩人、批評家。文学批評における「階級」を重視する。ダートマス大学講師。

オーラル・ヒストリー *Oral History*

そのバアさんに腕をつかまれてさ
ブロードウェイの真ん中で立ち往生さ
トラックにサンドイッチにされ

思案に暮れてると、バアさん、こう言うんだ
「ミスター、わたしゃ九十だよ
いや、百だった
亭主が死んで十年さ
だからさ、みんなあんたに話してあげるよ*」

ミシガン
Michigan

新しい彼女をぜひ見せたいよ
胸がデカくてさ、ここまで突き出てるんだ
それに、ああ、やるのが好きでさ
いつだったか金曜に彼女の家に行って、二回もやっちゃったよ
次の金曜にも行って、またやっちゃった

*ここに出てくるのは、おそらくホームレスの老娼婦。

彼女が十六になったら、プロポーズするつもりなんだ
彼女いま十三でさ、だから三年したらフロリダに戻るんだ

フロリダには今年の夏まで、おれと本当に結婚したがってる女の子がいてさ
彼女のパパもママもおれを気に入ってたんだ
なのに、彼女、ぞっとしない男と一緒になっちゃってさ
二十五で、子供が三人もいるんだぜ
そいつが、ある日、クルマで彼女の家の前に乗りつけてきたんだ
おれもちょうど、彼女と彼女のパパとベランダにすわってたんだ
おれが、誰だい、って聞くと
彼女のフィアンセだ、ってぬかすんだ
それで、ちょっと待てよ、フィアンセはおれだよ、って言ってやった
それじゃ白黒はっきりさせようじゃないか、ってことになったんだが
そしたら彼女のパパが、どっちがフィアンセか
むすめに決めさせようじゃないか、って言ったんだ
彼女、最初はおれを選んだのに、その後すぐにやつを選んだんだ
わけ分かんないよ、おれだってやつと同じくらいカッコいいのに

それからしばらくは彼女の妹とデートした
フロリダを発つ前に彼女に手紙を書いたんだ
やつが君を傷つけたり、困らせたりしたら、手紙をくれって
北部に来る旅費を送るからって
このバスを降りたら、おれはママに言うつもりなんだ
ママ、九月になってまだここに住んでたら
九月になってまだこの家に住んでたら
大学に戻るつもりだって
フロリダ・キーズじゃ、小型トラックの運ちゃん相手の仕事が山ほどあったんだが
オヤジがミシガンに戻って来いって言うんだ
さもないと、ここの少年院にぶち込むって
それでおれはパパに電話したんだ、そしたら、お前今どこにいるんだ?って聞いてきた
おれは、コネチカットから動けないんだよ、って答えた
パパは言った、それで何をすればいいんだって

おれは言った、バスに乗る金を送ってもらえると助かるって
パパは言った、そんな金はないって

それでおれは大声で怒鳴り出したんだ
電話ボックスの中でマジぶち切れて、怒鳴りまくったんだ
そしたらパパが言った、電話してバスの料金を聞けって
フリントまで百三ドル七十五セントだった
送ってきた金を見て、もう少しで死ぬとこだったよ
百二十五ドルだぜ。おれが腹すかしてるのを知ってたはずなのに
ちくしょう！　こんな金、さっさと返して、もうこれっきりにしてやる

ともかく、やつが彼女を傷つけたりしたら
押しかけて行って、ライフルでぶっ殺してやる
二十二口径は持ってるんだが、こういうときは
ライフルに限る。それにジイちゃんが一丁持ってるんだ
そいつを持って、やつのところに行って、バーンさ

ああ、ミシガンでいい彼女が見つかるといいんだけどね*

*話し手は、ミシガン行きの長距離バスの車中で、隣りの乗客相手に身の上を語っている。

キャスリン・リーヴィ　*Kathryn Levy*

一九五七年、ニューヨーク市生まれ。ロングアイランド在住。多くの公立学校で詩を教えている。近年の代表作は *Reports*（2013）。

やつらは
They

やつらは我らをヘッドライトで脅かす。やつらは急ハンドルで
我らの体に突っ込む。やつらは家と
高い塀で我らを取り囲む。やつらは我らのパニックに
言葉を貼りつける。人間だとでも思っているのか。やつらは

両手を打ち鳴らす、ライフルを撃つ。やつらは
森の真ん中に山のような土を運び込む。
森ではない——もはや
森ではない——やつらは我らを駆逐する請願にサインする。
紙の上に何百もの文字がのたくる。
やつらは森を「最終章」と呼んできた。
やつらは森に花を植える、新しい樹を持ち込む
そして池があった場所に大穴を掘り、水売り会社によって
何百マイルも運ばれて来た水で
満たした。やつらは看板を立てる——「鹿に
注意！」 まぶしいビームを横切る
黒い影。やつらは我らの体を
見おろす——「まいったな*」
あたまを振って、ドアの
ロックを回す。やつらが寝ている、あるいは
寝ようとしている夜、我らは窓からのぞき込む——「次に
何が起こるのか」。やつらには答えられない。なぜなら

＊鹿と自動車の衝突事故は、ニューヨーク州だけで毎年六、七万件にのぼる。

我らは問えないから。それに
やつらも問えない。やつらはただ
車に乗り込み、ヘッドライトを点け
やつらを恐怖の目で眺める我らを
眺める。

ディック・ルーリー

Dick Lourie

一九三七年、ニュージャージー州生まれ。詩人、サクソホーン奏者。サックスでブルースを演奏しながら詩を朗読。*Hanging Loose* magazine の創刊時からの共同編集者。

フレンドシップ

friendship

ロンとゲーリーはエイズだ。ゲーリーが先に
逝くだろう。たぶん来週。ロンはおれのワイフの親友
何も知らなかった七〇年代からずっと。ロンのほうは
それほど悪くない。自宅でゲーリーを看病している

サンフランシスコにいる間に訪ねてみる――
ゲーリーはリンパ腫のために失明していて
ずっと眠ったままだ。ロンはちょっと瘦せてて、老け込んだ

ゲーリーに会った日のことを思い出す
シャイで用心深くて、おれとアビーを信頼していいのか
迷ってた。おれら四人はロンの親父の葬儀のために
ボストンからニューハンプシャーの田舎まで
車を走らせた。夕食に立ち寄ったレストランで
ゲーリーが心配しはじめた――

ロンのフランス系カナダ人の一家は
どんな反応をするだろうかって。それに友人や近所の人たちは?
ぼくはどう振る舞ったらいいんだろう。どう紹介してもらえばいいんだろうっ
て

「簡単さ」とおれは言った。「胸にでっかいバッジを着けるのさ。〈やあ、ぼくはロンの恋人のゲーリーだ〉と書いたやつを」って四人で大笑いして、それからぼくらは仲良くなった
そいじゃゲーリー、さよなら。ほおにキスするよ

金色の過去めぐり——イースト・ヴィレッジ、クラークスデール、アテネ
Three Recent Trips to the Golden Age: East Village, Clarksdale, Athens

エメット・ジャレットのために

今年興奮したのは、デ・ロベルティス社の
ペイストリー&コーヒー・ショップが
一九六〇年代と同じ場所に——十丁目に近い
一番街——まだあるのを見つけたことだった
デルタ・ブルース博物館では、ストーヴァルの

プランテーションでマディ・ウォータズ*が
子供時代を過ごした小屋を見た――大人になって何度も
訪れたことは知られていない

アテネでは広場《アゴラ》を歩いた。古代人はそこで
物を買い、うわさ話をし、議論し、奴隷を
使いに出した。男の市民たちが
民主的な政策決定のために集った

＊＊＊

デ・ロベルティスに入ると気持ちが落ち着いた
いい時代だった――そりゃー馬鹿げた
感傷だが、ここのコーヒーはいつだって
ぼくを幸福な近視眼にしてくれる

だって感傷がなかったら、ぼくらは
どうなる？　クラークスデールのホテルは

＊Muddy Waters（一九一三～八三）有名なブルース歌手。

シェアクロッパー*の掘立小屋をガス、水道、エアコン完備の
部屋に改装して、客に提供している

パルテノンはすごくよかった。あの大理石すべてを
丘に引き上げたのがフェイディアス*自身ではなかった
という事実を、ぼくは忘れようとした。奴隷制を忘れるのに
一体どれだけの年月がかかるか？

＊＊＊

はっきりさせておこう——アメリカ軍戦死者
五万八千人プラスベトナム人死者、警察に殺された
マーク・クラークとフレッド・ハンプトン*、それでも
ぼくがエスプレッソを飲みながら郷愁に耽っているとでも？

すべては君たちの物の見方次第だ——
ミシシッピ州旗には南軍の星と横縞を
残しておくべきだろうか？　州民投票*で

＊分益小作人。南北戦争後、解放奴隷の多くがシェアクロッパーとしてプランテーションに残ったが、境遇は奴隷時代と大して変わらなかった。

＊紀元前五世紀、パルテノンの神々の像を彫った彫刻家。

＊ともにブラックパンサー党のメンバー。一九六九年十二月、アジトに踏み込んだ警官に射殺された。

＊二〇〇一年のこと。

問題決着したのは、今年のことに過ぎない
一人の広場《アゴラ》の行商人が、貧しくて
奴隷を所有できないと訴えて
陪審員の同情を買おうとした――この頃
アテネの民主制は絶頂期を迎えようとしていた

モートン・マーカス

Morton Marcus

一九三六〜二〇〇九年。ニューヨーク生まれ。詩人、映画批評家。ラジオ番組 The Poetry Show に出演し、詩の普及に努める。

バルザック

Balzac

一八五〇年八月十八日、パリ
顔は黒ずみ、体は壊疽で
パンパンに膨れ上がっていた
オノレ・ド・バルザックは死に際に

つぶやいた、「ビアンションを呼んでくれ」と
その年の春ウクライナに
追いかけて行くまで
何年も結婚を拒み続けた
エヴェリーナ・ハンスカは
もう寝ていた。枕元にいたのは
母だった。このパチパチと燃える
脂肪と筋肉でできた松明《たいまつ》を
五十一歳の息子を
見守っていた
ついこの前まで、大いなる
健啖と漁色の人であり、小説によって
一国民を創生した人であった
「ビアンションを呼んでくれ」
と言うのを母は聞いたが
何もしてやれなかった
たしかに、ビアンションが医者であるのは

知っていたが、それは
息子の記念碑的な小説群
「人間喜劇」
に出てくる医者だったのだ

パブロ・メディーナ

Pablo Medina

一九四八年、キューバ生まれ。一九六〇年にニューヨークに移住。望郷のノスタルジーにあふれる詩を書く。キューバの反体制作家を支援。ガルシア・ロルカの英訳もある。

雪の科学

The Science of Snow

空がパカッと割れて
小っちゃな空が、何億個も噴き出した
それぞれに雲と星と惑星が
たくさんあって、惑星では人々が

何億もの小っちゃな部屋で、机に向かって
ものを書いている。小っちゃな人々、小っちゃな目
どの空もパカッと割れる

恋人に

To the Lover

君の皮膚を貫き
進みながら
ぼくは故郷のひび割れた空を
忘れた
ぼくは放浪をやめた
都市《まち》には行き着けなかった
飢えと暴力を無視した
代わりに底なしのオーガズムに溺れ
ぼくは貝殻になった

家に引き籠る
亀になった
ぼくは目的もなく生き
寓話に出てくるキリギリスのように歌い暮らした
ぼくの家には扉も窓もなかった
ぼくは途轍もない自己チューを
さなぎのように身にまとった
でもぼくらの愛は
何年もの語らいは、成長した
キスしあい、舐めあい、咬みあった——
それは巨大なバスケットいっぱいのパンに化けた
みんなに行き渡るくらいあった
分かるよね、愛が、ってことだよ
今日、ぼくらのシーツの下に
町中の老若男女が
もぐり込んできた
君とぼくは合意した

これからは、みんなと
ベッドをシェアするのだ

D・ナークシー *D. Nurkse*

デニス・ナークシー。一九四九年生まれ。エストニア系。両親はナチス支配を逃れて米国移住。家族、政治、戦争をめぐる詩が多い。人権活動家。ニューヨーク在住。

強盗 *A Theft*

その夏の間中、戦争は
お隣りさんの料理のにおいや
換気扇の音よりも
身近に感じられた

外は一度だけ、家に帰ろうと
波止場沿いを夜遅く歩いてるときだった
背後から男が駆け寄ってきて
時間を聞いた
立ち止まると
ぼくの喉に剃刀を突きつけた
するとどこからか仲間が現われて
ぼくのジャケットを切り裂き
財布を抜き出した

でもナイフが
手慣れたように如才なく
布地の上を走ったときも
爆風が
ふーっと
顔に吹きつけるんじゃないかと思ってた
やつらが去ったあと
水溜まりで財布を見つけた

有効なカードは失くなり
期限切れのは手つかずだった
　　　　それから急に
寂しくなって
何もないぼくの街を眺めてると
一瞬、戦争が
嘘のように感じられた。国境に集結した軍隊は
おもちゃの兵隊に過ぎず、あるいは
もうみんな戦死したかのようだった

春のダンス・パーティ
Spring Formal

ダンスが終わると
ぼくらは手をつないで
家までゆっくり歩いた

親が通るなと言った
スラム街を
ぼくらは選んだ
半分くらい歩くと、猛スピードの消防車に
追い越された
そのブロックの
終わりまで来ると
消防士たちが固く巻きつけたホースを
引き出そうと焦っていた
ぼくらは手を握ったまま立っていた
そのうち近所の人たちが
バスローブやパジャマ姿で
ぼくらのまわりに集まってきた
石壁に亀裂が入るのを
何も言わず眺めていた
大量の火の粉が
舞い上がった

一人の消防士がガラスのない窓から
中に入った。一瞬
向こうの通りの
明かりが
はっきり見えた
ぼくらは速足で
また歩き出した
彼女の家の前でキスした
ぼくは一人で家まで歩いた
冷たい夜明けの光の中で
ぼくの口に彼女の舌が入ってきたときの
ほんの一瞬の感触を
思い出しながら
レンタルのタキシードの袖についた
煙の臭いを嗅ぎながら

マーク・ポーラク　*Mark Pawlak*

一九四八年、ニューヨーク州生まれ。ポーランド系の労働者階級の家庭に生まれる。MIT卒で、数学教師の経験もある。デニーズ・レヴァトフに師事して詩作を学ぶ。ベトナム反戦運動に参加。一九八〇年以来、*Hanging Loose* magazine の編集者。

詩人仲間
Among the Colleagues

地下鉄の改札に降りて行く前に
机の上に散らかった書類に立ち向かう前に

店の鉄格子も引き下ろされ、ホームレスが

ベンチや戸口で寝ている。いま寝返りをうちはじめたところだが
もう誰かが落ちたつぼみをほうきで掃き集めて
広場の赤いレンガの上に山をつくってしまった
昨日のお祭りで使われた
緑の長い柄がついた妖精のゴブレットの山——
ニッカーボッカーをはいたモリス・ダンサーたちが
くるぶしの鈴を鳴らし、棒を打ち鳴らしていた

こんな早いのに、コーヒーショップの持ち場に
もうボランティアのドアマンが立っている
ぼさぼさの髪とあごひげ、どちらも白髪まじり
片手に紙コップ——
常連客がコインを入れる。言葉のやりとりはない
上着とトレンチコートは丸めた新聞紙でふくれている
シャツのポケットには丸めた紙切れ——こいつは
浮浪者か、吟遊詩人か、あるいはボサツ様か？

昨日は、目を真っ赤に充血させたサッポーが歩道をよろよろ歩いていた
ぶつかるのも気にせず——会社員が家路を急いでいた——
うつむいたまま、ショーウィンドウや奥まった戸口に並べられた
パンジーのプランターを横目に、詩をつぶやいている
その陰から馴染みのサテュロスやセイレーンが
顔を出し、彼女に挨拶する。今朝は
革ジャンを着たリハクが千鳥足でハトを追い立てていた
今夜も酒と歌三昧にちがいない
ニット帽の下から髪の房がのぞいていた
よろめきながら、こっちの電信柱、あっちの電信柱を
久しぶりに会った旧友のように抱きしめては
悪態をつく——「マザーファッカー！」——仇敵《かたき》に
出くわしたように「マザーファッカー！」
開店前の野外カフェのテーブルに座っている早起きの「常連客たち」は
ぼくのお仲間たち。セコハンの作業ブーツをはいた赤ら顔の男たち
コートのボタンは半分取れて、スウェットシャツがのぞいている
白いあごひげのウォルト・ホイットマンが双子の兄弟みたいな男と

一本の煙草をシェアしている
すぐそばには剃髪した無精ひげのバショウが
昨日の新聞の見出しを、流し読みしている
足元にはビニール袋が二つ、何が詰まっているかは本人のみぞ知る
そして、西域から戻ったハッキョイが
新緑の木陰に座っている
松葉杖を木の幹に立てかけ
紙切れに詩を殴り書きし
きちんとたたむと、胸ポケットに突っ込む

最後に、ここにいるのはでっぷり太ったマルクス！
脇にとめたショッピングカートに段ボール何箱分もの本、やつの移動図書館だ
お馴染みのあごひげが胸の上に広がっている
目は、腹にのっけた本にくぎづけ
自分自身と深い会話の最中――やっと聞こえる声は
「原油価格……素朴な時代……上司……」
さっきは真剣に両論棚上げを主張していたかと思えば

いまは、何が面白いのか、一人でくすくす笑う

地下鉄の改札に降りて行く前に
机の上に散らかった書類に立ち向かう前に
こんな五月の朝は、この連中がぼくのお仲間です

ハーヴィ・シャピロー *Harvey Shapiro*

一九二四〜二〇一三年。シカゴ生まれ。ユダヤ系。子供の頃はイディッシュ語も話す。ニューヨーク・タイムズ編集者。日常的な題材と警句的なスタイルが特徴。

同化 *Assimilation*

ぼくが小さいとき、ジャイアンツのピッチャー
カール・ハッベル*が教えてくれた
着るものはいつも新しくて
こざっぱりしたものにしなさい

＊Carl Hubbell（一九〇三〜八八）ニューヨーク・ジャイアンツの名投手。通算二五三勝、MVP賞二回、最多勝利賞三回。

という母の考えが間違いだってことを
ハッベルは、だらしなくずり落ちたズボンで
よたよたとマウンドに登った。しかし、投げれば
完璧な三者三振にうち取った
何年も後、ロバート・シャーウッド*が描く
若き日のリンカーンに
ぼくは同じタイプを見出した
不器用だが、一途に完璧なものを求める
もう一人のアメリカ人の姿だった。それは
この国生まれではなく
いまだ這い上がる途中だったぼくの母には
理解できないものだった。ぼくは
それが磨き上げた靴や、なでつけられた髪とは
まったく関係ないことを知ったのだ

＊ Robert Sherwood（一八九六～一九五五）アメリカの劇作家。*Abe Lincoln in Illinois*（1938）でピュリッツァー賞を受賞。一九四〇年に映画化。

教訓
Lessons

I

地下鉄のスピーカーから流れる
割れるような車掌の声が
パーク・プレイス駅で、やっと聞き取れた――
「この電車はブロンクス行きです」
すると、世界が君の関心事を超えて広がるのを
君は理解する
君は四十二丁目で降りたいと思っているのに
この電車はブロンクスに行く

2

ブルックリン・ブリッジの杭のそばの
岩にとまっているあのカモメは
六本パックの缶ビールを束ねるビニールの輪を

首にぶら下げている。くちばしを動かして
水に浮かんでいるものを
ついばむ自由はある。大して気にしていない
適応してしまっている。ぼくらと同様に

3

ホームレスの男が温かいものを食いたいから
小銭を恵んでくれと言う
ぼくは心を硬くして歩きすぎる
自分自身にも、子供たちにも
人類の未来にも背を向けて

自慢

The Boast

一度もスタントマンを使うことなく
わたしはこの人生を自力で生き抜いた

エリザベス・スウェイドーズ *Elizabeth Swados*

一九五一〜二〇一六年。ニューヨーク州生まれ。作家、作曲家、演劇監督。女優で詩人だった母が鬱病で自殺。彼女自身も鬱病に苦しむ。

四つの詩 *Four Poems*

［アフリカで］

ゴムの木の陰で

断食中の少女

セーターを脱ぐように
自分の我《セルフ》を脱ぎ捨てる
あばら骨だけは
浮き出たままだ

［木霊《エコー》たち］

そう、だから教会には
行きたくない
あの木霊たち、百万の声また
声が、縄梯子を攀《よ》じ登って
天井に聖人の顔を
念入りに刻んでから
落っこちて死ぬ。あるいは
真四角の石を、何年もかけて壁に
詰め込むうちに餓死した人たちの声また声

反響する声って、わたし好きじゃない
どこでもそう、わたしには
彼らの叫びが聞こえる
「自由にしてくれ」って

［方程式は無用］

いつか本物のロクデナシになってやる
離婚歴複数
精神異常児複数
アル中、暴言癖
おれが死んだら、郷《くに》の奴らはおれの詩を
絶叫するだろう
なにしろ、奴ら全員のために
作ってやったのだ

［無題］

詩人たちが、長蛇の列をなして
世界の終わりを待っている
連中にできることといったら
こんなことしかない

ヴァージニア・R・テリス *Virginia R. Terris*

ブルックリン生まれ。アフリカ系。詩人・女性学研究者。デイヴィッド・イグナトーの晩年の詩集の編集者。

凶兆
Ominous

地下鉄のプラットホームは、あたしに
何もかも教えるべきだった。あたしが話してるのに
あんたは通りかかったオンナのほうに目をやった
茶だったか黒だったかの帽子をかぶり

ごくフツーの脚と
ある種の形の鼻をしてた
オンナの体が人ごみの間をクネクネ進んでいくのを
あんたは振り向いて見てた。あたしが、なんだったか忘れたけど
話をしてるっていうのに。見えなくなっても
その方向をじっと眺めてた。それから振り返って言った
「何の話だったっけ?」 あんたは
あたしに向き直ったけど、あのオンナはいろんな帽子をかぶって
やって来つづけた。あたしは何年も何年も
あんたに言おうとしてたことを
言い終えることができなかった

輪廻転生

Cycles

五十の娘が
母親を
ナイフで襲う

身に覚えのある
母親は
ブラウスを開いて
殺人を
招く

仰向けに倒れる
血が噴き出して
海となる

血塊ひとつひとつから
新しい母が
生まれる

トニー・トール

Tony Towle

一九三九年、ニューヨーク生まれ。ニューヨーク派第二世代。
ケネス・コーク、フランク・オハラのワークショップに参加。
Memoir 1960-1963（2001）はその当時の回想録。

人種

Ethnicity

あなたユダヤ人？　と、ぼくの彼女おすすめの
ドライクリーニング店の
チャイニーズのオバサンが
きいた

ちがいます、とぼくは答えた
ユダヤの新年《ローシュ・ハッシャーナー》が近いからですか？
とぼくはきいた。今度の土曜が
そうだった。答えがない
日曜日だからよ
と、数秒してオバサンが答えた
ぼくの彼女はユダヤ人なんです、と会話を
続けようと思って言った
そう、彼女……信心深いの？
ぼくは言った、うーん、なんせ、ぼくと同棲してますからね……
ぼくらは笑った。あなた、ユダヤ人に見えるわよ
と数秒して、やっとレジを打ち終わり
オバサンは言った
でもそんなこと聞きたくないわよね、と
ぼくのかすかな驚きを読み損ねて、付け加えた
いえ、そんなことないですよ、とぼくは言った。でも聞きたくない人が
ほとんどですね。そして何か説得力のありそうな根拠を

探しながら、ぼくは言った——正しくはないにしても正確に——
たいていの白人はぼくがユダヤ人だとは思いませんよ、と
あらそう、とオバサンはにこやかに言った、それじゃわたしの間違いね
家に帰ってぼくの彼女に
クリーニング店のオバサンの話をすると、彼女は言った
あの店の人たちはコリアンだと思ってた

赤ボールペン
Red Pens

パーク・アヴェニュー・サウスの
文房具屋でヒスパニックの女の子に
名前を聞かれたので、「トニーだ」と答えると
「トニオね」と返してきた。その娘《こ》は「エスパニェーロ？」
（あのひとって外人？）と店主の母親に尋ね
母親は困った顔をした

赤ボールペンを買ったぼくが
まだ店の外に出ていなかったからだ
赤ボールペンは英語の校正用
でも今はそれで「ノー
フウェ・ナシド・アキ*」を消すところ
そう言いたかったんだ
ぼくもここの生まれだってことを教えるために

*スペイン語で「ぼくもここの生まれだ」。

ポール・ヴィオーリ

Paul Violi

一九四四〜二〇一一年。ブルックリン生まれ。イタリア系。ナイジェリア派遣の平和部隊に参加。トニー・トール、チャールズ・ノースと共にニューヨーク派第二世代を代表する詩人。

カウンター係

Counterman

何にします？

ライ麦パンにローストビーフ、トマトとマヨネ味付けは？

うっすらマヨネに
ペッパー。塩はなしで

了解です。ライ麦パンにローストビーフですね
レタスのせますか？

いや、トマトとマヨネだけ

トマトとマヨネ、了解です
……塩とペッパーは？

塩なし、ペッパーひと振りだけ

了解です。塩なしですね
トマトはのせますか？

うん、トマト。レタスはいらない

レタスなしですね。了解です

……塩なし、でしたっけ？

そう、塩なし

了解です。ピクルスは？

いや、ピクルスなしで。トマトとマヨネーズと
ペッパーだけ

ペッパーですね

そう、ペッパーひと振り

分かりました。ペッパーひと振り
ピクルスなしですね

そう、ピクルスなし

了解です
次の方！

全粒小麦パンにローストビーフをお願いします
レタスとマヨネーズとセンタースライスの
ビーフとトマト
レタスは、できれば、ボザール派生様式の
古典的なアカンサスみたいに並べて下さい
それと、ローストビーフはうすくスライスして
ブラグドン的な気取りのない多弁模様になるように
たたんで下さい
つまり、神々しい幾何学的放射模様には

けっしてないで、ということ。シンプルに
トマトにマヨネーズで
うすく花形飾り《フリューロン》をつけて
円形浮彫り《メダリオン》になるようして下さい
それと、ちょっと折衷的かもしれませんが
もし、パンの皮にマヨネーズを
ウィトルウィウス様式の渦巻き《スクロール》みたいに塗って
円形浮彫りの下の花綱《フェストゥーン》みたいにできれば
最高です

ジュネーブのサン・ピエール大聖堂にあるようなやつですか？

そう、でも花綱は、アムステルダムの王宮の
円花飾り《ロゼット》みたいなのにして下さい

了解です
次の方！＊

＊ニューヨークの詩人ならではの作品。出来上がってみれば、二人の客がそれぞれ注文したサンドイッチには、たぶん大差はない。

デイヴィッド・ワゴナー　*David Wagoner*

一九二六〜二〇二一年。オハイオ州生まれ。詩人、小説家。太平洋岸北西部の自然環境に関心が深い。

花いっぱいの車を運転する女

A Woman Driving a Car Full of Flowers

ぼくらは同じ信号で車体を並べて止まった
短い停車時間にふと目をやると
ダリアの束がある。あらゆる色とあらゆるブランドの
バラが外国種と混ざっている

ブーケのパンジーが、ウィンドウの内側に
押しつけられ、スクールバスの窓際で鼻を垂らしている
児童のようだ。女の隣りにショットガンのように
立てかけられたグラジオラスが、揺れている

この女は四月のお祝いパーティに向かう途中の
母たちの母だろうか。車一台だけの葬式だろうか
ホスピスひとフロア分の花を失敬してきた看護士だろうか
花の茎が、後部座席の同乗者のように

女の肩越しに垂れかかる。だが、気にしている
様子はない。恰好は殺し屋。スーツを着て、白のヴェールの上に
帽子をかぶり、超然としている。バックミラーを
のぞき込んで、口紅を塗り

口元を動かす。それから、仕上がりに満足して微笑み

ぼくのほうに向ける。青になったのを見て
女はぼくらを、午後と夜の先にある
根なしの庭の片隅に、傾ける

セイフティマンに捧げる挽歌
Elegy for a Safety Man

リチャード・ベル（一九二五〜一九四五）を悼んで

やつは俺たちのセイフティマン*だった、敵チームと
　ゴールラインの間を守る最後の壁だった
でもフィールドの外では、安全《セイフティ》なんか屁とも思ってなかった
　女の子と朝まで寝ていて、見つかったのも
やつが最初だった。風が吹くビルの屋上のへりを
　歩けたのも、やつだけだった
ガソリンをホースで吸い上げ、有鉛ハイオクを

*アメリカン・フットボールの用語。

ペッと吐き出しても、やつだけは吐き気を催さなかった
やつは三六〇ＣＣのペプシを八秒で飲み干せた
逆さにして地面に空けるのにかかる時間と同じだった
プールでは、あまりに長く潜っていたので、やつがパニクる前に
こっちがパニクって、やつを引き上げたものだった
ある晩、ビールひと缶で酔っぱらって、クルマにタックルを試みたときには
みんなで押さえつけなきゃならなかった
やつはひょろっと痩せていて、髪はもじゃもじゃで
ゲーリー・クーパーと同じくらいよく笑った
ヒーローを崇拝しなかったし、ヒーローを気取りもしなかった
学校ではほとんどひと科目も落とさなかった
やつは海兵隊に入って、南太平洋に送られた
そこには、やつを心配してくれる人間はいなかった
戦場で、タンクの後ろを歩いていて
最初に姿が見えなくなったのもやつだった

屁こき虫

The Stink Bug

エレオデス・ロンギコリス
羽があって、飛ぶ気があれば
飛べるのに、飛ばない
柔らかい羽はからだの下に
たたんでいる

腹に分泌腺があって
恐ろしく臭い液体を分泌する
攻撃されると、逆立ちして
喰われる前に
敵に噴射する

それでも、平原や砂漠に
棲み、エサが限られている

グラスホッパー・ネズミは
この悪臭問題を克服する
どうやってか？
その前肢で屁こき虫を捕えると
その尻を
砂や土の中に埋め込み
敵の攻撃兵器を
自分の防御兵器に
それ自身の攻撃者に
かえるのだ
それから、外に出ている部分を喰いはじめる
とうぜん頭から

イソップならこの短い政治的寓話を
教訓で締め括るだろうが
ぼくはしない

テレンス・ウィンチ

Terence Winch

一九四五年、ニューヨーク生まれ。アイルランド系。詩人、小説家、アイルランド伝統音楽の演奏家。

セックス・エレジー

Sex Elegy

おれの女たちは消えてしまった。昔はいっぱいいたのに
一人はボストンに引っ越して、日本人の写真家と結婚した
もう一人は有名な女優になった。もう一人は、おれは死んだと
ずっと思い込んでいたんだが、マンハッタンに住んでいる

ぼくらはお互いを知り尽くした
しゃぶったり、なめたり、挿入したり
つらぬいたり、炸裂したりして、ひとつになった。汗だらけの
肉体のファンキーなにおい。床やベッドの上に
ちらばった服。ろうそくの明かり。立ちのぼる
タバコとマリワナのけむり。いまじゃ体に触れることもない
めったに話もしない。まったく行方不明の女もいる

でも、いっしょにいたときの快楽の記憶は、女たちよ
いまでも頭から消えてないよ。おれの体は、君たちの感触を忘れない
おれの舌には、まだ君たちの味が残ってる
ほかのことはすっかり忘れたみたいだが
〈現在〉は、給与口座から自動的に引き落とされる
生命保険の掛け金だが、〈過去〉は郊外の空き地で
手のつけようもなく、燃えている

愛しているなんて言わないでくれ

Don't Tell Me You Love Me

ずっとむかし、女ともだちと喧嘩別れした
彼女がどうなったのか聞きたくもない。耐えられない
頭がおかしくなる。人は、乗り越えろ
忘れろ、って言うけど。彼女のピラティス教室がどうしただの
持ち株のゲインがいくらだのって、耳に入ってくるんだ
クソいまいましい！　なんでこんなことで
おれを苦しめるんだ？　おれが傷つきやすいって
知らないのか？　おれだって、自分の金のやりくりや
契約期限や予防注射のスケジュールや
クソいまいましい担保償還表で手いっぱいなんだ
その上、こんなもんまで背負い込めるか！
絶対ムリ！　誰が乗り越えるもんか！　おれは
誘惑に屈するんだ。誘惑ならどこにだってある
冷凍庫のアイスクリームに、シンクの下の

ワインに、ネットのポルノ動画に、カナダから
郵便で取り寄せた格安ドラッグだってある。分析医が電話してきて
彼女はウェスト・ヴァージニアで幸せにやっている、とご注進
彼女の教室に、熱心な生徒が
集まってるんだと。知ったことか！
雨が降って、やっとひでりが終わったとみんな
喜んでるけど、おれはひでりのほうがよかった
それがおれの生き方なんだ。誰が乗り越えるもんか！
くよくよ悩んで、不平たらたらで生きていくんだ！　優雅とは真逆の
生き方をしてやるんだ。分別なんて
クソくらえだ。坊主が病室から病室に
天国行きの切符を配って歩く。誰も
要らないと言えない。みんな最後には屈服する。でも、おれはそんな汽車にゃ
乗りたくない。おれは、今のこの瞬間も
かっかと燃えるおれの劣等感にしがみついていたいんだ

栄枯盛衰
Sic Transit Gloria

地下鉄で、男が一ドル八十セント貸してくれと言う
白人で、禿げ頭、シャツとネクタイ姿
財布ごとクルマをレッカーされたと言う
ぼくの真ん前に座っている。この車両の
男たち皆が、超ミニの
おそろしくきれいな女を
横目でちらちら見ている。女は大きなスケッチブックに
何か描いている。まぶしいくらい美しい
夏はほとんど終った。このゴージャスなアーティストを
盗み見るために
ぼくは読書に集中できない。傾く陽光に照らされて
一日は過ぎていく

目の前のでかい卵型の禿げ頭

きっと返すから、と男は言う。気にしなくていいさ
と、ぼく。二ドルを手渡す。男は礼を言うと
背を向けて席に戻る。ぼくらは皆
女の観察を再開する。ぼくの斜め前に
黒人の若い男が二人座っている
一人はチューインガムを
パン、パンと破裂させ続けている
玩具のピストルみたいな音だ

とてつもなく太った男がドアのほうに歩きながら
美女に声をかける。こんなに揺れる電車の中で
よく描けますね。彼女は
男に微笑む。ぼくらは皆、その輝くばかりの微笑みに
圧倒される。ぼくは音楽を連想する
ぼくの名付け子《ゴッドサン》が昨日ニュージャージーで
窓を九枚割ったのを連想する。ぼくらはいつだって現状を
突破したいと思っている。性欲は宗教よりましだ

女はメトロ・センターで立ち上がる。彼女のためにドアが
すーっと開き、女は消える。現実の時間に逆戻りだ
ヤンキーズは首位に一・五ゲーム差
誰かの携帯が鳴り、持ち主がわめく――
聞こえないよ。地下鉄なんだ。なんだって？
禿げ頭の男が立ち上がる。降りる前に振り返って
もう一度ぼくに礼を言うだろう
感謝のしぐさをするだろう
人間ならそれが当然。他人同士の
二ドルの貸し借りなんて何でもないが
やつはきっと、例のおまけの会釈《ボーナス・ノッド》をするだろう

ヨランダ・ウィッシャー *Yolanda Wisher*

一九七六年、フィラデルフィアに生まれる。アフリカ系。詩人、教師、スポークン・ワード・アーティスト。黒人社会の現状をジャズのリズムで表現する。

四十三丁目南五番地二階
5 South 43rd Street, Floor 2

近所の人たちに、むしょうに会いたくなることがある
チェストナット通りに向かって歩道を歩け
色白の赤ん坊を抱いた牧師さんに話しかけるんだ
私の自転車のインナー・チューブを新品に交換しにきてくれるよう

息子さんに言ってもらえますか？
ラドロー通りを渡れ。角の郵便ボックス
リスケ・ビデオ、ディノーズ・ピザ、そしてエメラルド・コインランドリーの
　前を歩け
左手の四十四丁目に押し込められ、ずらっと並んだ果物トラック
板で目隠しされた家の窓、子供たちの切り下げ髪
むかし、この通りの奥の店に入ったことがある
カンボジア人の女がオーナーだった。イブニング・ドレスから
スープまで何でも売ってた。その先のウォルナット通りと四十五丁目の角で
イスラム教徒の男が、ほら、このチキンのピタ巻きを売ってる
キューカンバー・ソースたっぷりの。カウンターの向こうの
おなかの大きな女が、あたしらの注文をアラビア文字で書き留める
あたしらは冷凍庫のジュースとポテトチップスを手早く取り出し
ビーン&スイートポテトパイをじっと眺める
ウェスト・フィリー[*]の熱い息のなかに戻る。日が沈みかけてる
空はスカッシュ色に塗りたくられ、つやつやのタンジェリンだ

＊ウェスト・フィラデルフィアの愛称。

女の子三人と男の子一人がダブルダッチ跳びをやってる。ビデオ店から
黒いビニール包みを抱えた白人の男がせかせかと出てくる
あたしらは路上の小銭を探す。教会の芝生に咲いた
花を盗む。玄関前の階段にはアル中男《ウィノー》のクソの跡が
まだ残ってる。ミスター・ジムはカネをもらって車を洗ってる
ジョンはブジュ・バントン*の歌に合わせてホイールを磨いてる
ノエルは大柄な青い目の女に甘い声で語りかけてる
レストランに行く途中のリンダ。車椅子に乗った
その妹が大音量のヘッドホンを鳴らして通り過ぎる

この前の晩、この街区《ブロック》で男が射殺された
うちのぶ厚い木製ドアのすぐ外だった。でも今日じゃない
今日は世界を散歩して帰宅し
窓を開けっぱなしにして、鍋一杯の黒豆を
茹ではじめる、そういう日だ。アリス・コルトレーン*で一服しろ。果物と
足の爪を切り刻め。この瞬間にしがみつけ
「時」がお前の血圧を測っているようなつもりで

＊Buju Banton（一九七三〜）ジャマイカのレゲエ歌手。

＊Alice Coltrane（一九三七〜二〇〇七）ジャズ・ピアニスト、作曲家。夫はジョン・コルトレーン。

デイヴィッド・ウォルトン・ライト　*David Walton Wright*

一九五七年、ミシシッピ州生まれ。テキサス州で育つ。詩人・アンソロジスト。編書に『アメリカ現代詩一〇一人集』（思潮社、一九九九年）。東京在住。本書編者。

やつらは虹を砕こうと考える
They Think They'll Break the Rainbow Up

前代未聞の贅沢。そいつは月梯子《ばしご》を
製作中。立て掛ける
樹はない。去年は三つ四つ売れた

この光に照らせば。あの光に照らせば。陽光の
染みにも、まばたく葉陰にも
うんざりだ。おれの人生は二つ折りだ

カーテンを閉ざした密やかな部屋だらけの
街。おれはあの街で、おれ自身を
おれ自身から隠した。でも足が見えていた

鳥たちの大群。太い樹をたわめる
ほんのわずかだけ、たわめる
でも空いっぱいの鳥たちがとまっている

そいつは机上に髑髏《どくろ》をおいた。難問の
修得には役立たない
骨の記憶は当たれば大きい。外れるとゼロ
「やつらがおれの髑髏の中に落書きした」とそいつは

言った（誰が、とは言わなかった）。やつの頭の中は
死と引っかき傷の汚い雲だ

あまりに蠅が多くて、やつらは「黒い雪」と呼ぶ
子供の顔にとまった蠅が面皰《にきび》に見える
大きな蝙蝠だらけの樹は、革製の傘みたいだ

そいつは「無限界からの覚書」を執筆中
興奮する読者は少ない
やつを電話で捕まえるのは不可能

やつらはそいつを「公認の」
「月の支配者」と呼ぶことで有名。やつは
別の球体の住人。ここでは変わり者に身をやつす
死んだ者たちの厚紙製の代役は
見渡せばどこにでもいる。バスの中にも

コンビニにも。動いているのは、けっして見えない

やつらは虹を砕こうと考える。でも
七色のアーチはひとつずつ残したい
ひとつは持ち帰って、庭に立てる

そいつはトラブルを脱した。何もかも脱ぎ去って
無になることで、やつらを
急襲することで。向こうでは誰も驚かない

砕き落としたものは、やつの所有物。どうにでも
変形可能。やつはそれらを握り潰し
片手を突っ込むだろう。キモくはない

そいつはトラブルがいやで、ジッパーをおろして
皮膚《かわ》を脱いだ。やつらの要求だった
そいつは万物の上に身を任せ、漂った

尻尾を振るものひとつない空。奇妙な嵐が
頭をもたげる。こういう空想に
箍《たが》をはめさせてはならない。蛇よ、お前は変身したのだ

ビル・ザヴァツキー

Bill Zavatsky

一九四三年、コネチカット州生まれ。詩人、翻訳家、ジャズ・ピアニスト。ケネス・コーク、フランク・オハラから影響を受ける。ニューヨーク派第二世代。

野球

Baseball

ぼくらは二軍にすぎなかった
由緒あるユニフォームと
ロゴ入り帽子の
リトルリーグに入るには

「イマイチ」の実力だった
でもコーチが言った
「お前らけっして負けてないし
ひょっとしたら上かもよ」
それで、シーズンが終わったあと
ぼくらは謄写版で文字を入れたTシャツと
紫色のソフトキャップで
リトルリーグの
ワールドシリーズごっこをやったのだ

あの日の午後起こったことを
ぼくは思い出せない——
勝ったのか、引き分けたのか
でも記憶の中で、ぼくは高く打ち上がった
ポップフライを目で追っていた
晴れた空の中で
動きが止まり

点になり
雲の中に消えた
ぼくはセカンドベースで
落ちてくるのを待った

同じ町に住んでいて
ぼくの浮沈の経歴
（華麗なファインプレーと
予測不能の凡ミス）
を知っているレイ・ミショーのやつが
打順を待っている
ダグアウトから矢のような叫びを
ぼくに向かって放った——
「落っことすぞ！　あいつは
捕り方を知らない
見てろよ、きっと落っことすぞ！」

ボールは高く
上昇し続け、黒い点になった
重力の法則もなく
ブレーキもない、センテンスを探し求める
ピリオド、その判決文《センテンス》にはこう書いてある——
「ビル君、君はヘタクソである
このフライは君には捕れない
君は自分でも分かっている」

ぼく自身も上を見ていた
体がサビつくのを感じた。ばらばらに
崩れそうだった
よちよち歩きの赤ん坊だった
裏庭の日陰のアリだった
ぼくはそこにいなかった——
生まれていなかった
まぶしそうに空を見上げながら

永遠に立ちすくむ銅像だった
みんなが指をさし、笑い続ける
百年も千年も万年も
チームメイトはみんな死んで忘れられ
野球をした連中の骨も
忘れられ
野球も忘れられ、もう誰もプレーしない
ロボットが電子フィールドでプレーするだけ
エラーひとつなく
潤滑油の汗をかきながら、声を上げる

ぼくもずいぶん歳をとった
試合は百万年前に
終わった
あの午後のことで
覚えているのは

ボールが
落ちてきて
キャッチした
ということだけ

戦争讃歌
Poem in Favor of the War

闇よ、来たれ——
あの昔と同じように。貨車に
鍋やライフルと一緒に
すし詰めにされ
お前はニューイングランドから
西におし流され
大草原を横切った

しばらくして
輸送ヘリで
田んぼに舞い降りた……
もう一度顔を
鋼鉄で覆うのだ！
自分のやってることが
見えないように
俺たちをもう一度
戦闘に引き入れろ！　むかし
何度もやったように
俺たちは
目を隠し、ハートに
鎧を着せ
世界一強力な
兵器の引き金に
指を掛ける
俺たちの中に呼び起こせ！

命令に逆らって
動くものを
皆殺しにする
欲望を！　――男、女かまわず
子供だろうが年寄りだろうが、子馬
水牛、コオロギだって皆殺しだ！
眼を
照準器に変え、知性を
十字線に変えるのだ！
そこに
映ったものはすべて
標的だ！　ナイフを抜け！
俺たちに
銃剣の霊を、手榴弾の歯を
貸し与えよ！
色のちがう肉を
ずたずたに引き裂く力を

貸し与えよ！
そして俺たちが殺したいだけ
殺したら
高速弾で俺たちを
木っ端みじんにしろ！
俺たちは不名誉の戦場に
薬莢のようにばらまかれる
俺たちを叱責せよ！　俺たちの
馬鹿でかい脚を切り取れ！
その脚で、俺たちは
国のためだと
信じれば
いつだって
他人の生活に傲慢にも
押し入ったのだ。俺たちのエゴを
へこませろ！　蟻のように
小さくなれ！

俺たちの血と息は
焼かれて煙になれ！
俺たちの高慢チキは
スローモーションで
ばらばらに
崩れ落ちる
巨大な脚の
下敷きとなれ！　だれも
崩れるとは
夢にも思わなかった
あの二本のタワー*のように

二〇〇三年二月*

*二〇〇一年九月十一日、イスラム過激派組織アルカイダの自爆テロ攻撃により崩壊した世界貿易センターのツイン・タワー。

*二〇〇三年三月にアメリカが開始したイラク戦争をベトナム戦争になぞらえて弾劾する詩。この詩が発表された二月時点では、戦争はすでに不可避と見られていた。

ラリー・ザーリン

Larry Zirlin

一九五一年、ニュージャージー州ニューアークに生まれる。長年、ニューヨークの印刷・グラフィック業界で働く。ブルックリン在住。

公衆電話の人々

People at Pay Phones

オレは公衆電話の人々を見る
みんながみんな機嫌が悪い
ガールフレンド、ボーイフレンドと
スペイン語、ポーランド語で口げんか。さもなきゃ

どこかのカモに、クズを押し売りしてる
カモは買う気はなくて電話を切る

オレは公衆電話の人々を見る
携帯を持ってる連中をにらみつける
「気取りやがって!」
オレは公衆電話の人々を見る
明らかに待たされてる
二十五セントが切れるまで、このままだ
オレは二十五セントが切れて
小銭をまさぐる人々を見る
オレは公衆電話の人々を見る
「まだ十セントだ」

オレは公衆電話の人々を見る
自分の順番を待ってる
「早くしやがれ」

オレは公衆電話の人々を見る
賭けをしてる。オレは公衆電話の
人々を見る、賭けに乗ってる
オレは駄菓子屋の前の公衆電話の
近くにいる男を見る
人々に使うなと言ってる
「なんでだ?」「故障してるのさ」

オレは公衆電話の人々を見る
頭にきて、電話を
ぶっ壊そうとしてる
オレは公衆電話の人々を見る
受話器を見て
壊れてることに気づく
オレは公衆電話の人々を見る
癖でコイン返却口に
指を突っ込む

オレは公衆電話の人々を見る
グランドセントラルで
上司にウソをついてる
オレは公衆電話の人々を見る
ペンステーションで弱り切ってる
オレは公衆電話の人々を見る
地下鉄構内なので
一言も聴き取れない。電車が来ると
受話器に向かって絶叫する

オレは公衆電話の人々を見る
ディナーに遅れる
歯医者の予約に間に合わない
デートに遅刻だ
オレは公衆電話の人々を見る
手帳をめくっていると

紙切れがパラパラ落ちる

オレは公衆電話の人々を見る
うわの空で
貼り紙広告を読んでる
オレは公衆電話の人々を見て
何年も電話ボックスを
見てないことに気づく

オレは公衆電話でしゃべる
イカレタ連中を見る
でも回線は不通だ
オレは公衆電話が
バカみたいに鳴りやまないのを聴く
乞食みたいにしつこくせがむ
通りがかりの誰かが
受話器を取り

ハローと言ってから
思い切り悪意を込めて
受話器をガシャン！
電話の向こうで
誰かがたけり狂うのが
オレには見える。誰かが
騒々しいストリートを、くすくす笑いながら
歩いて行くのをオレは見る

あとがき

本書は、一九九九年刊のアンソロジー『アメリカ現代詩一〇一人集』（D・W・ライト編、沢崎順之助・森邦夫・江田孝臣訳、思潮社。二〇〇〇年再版）の続編である。『一〇一人集』は、ケネス・レクスロス以降の詩人たちの作品を、地域に関係なく収録したが、本書では、主としてニューヨーク市生まれ、あるいは在住の詩人たち三十六名の作品五十七篇を作者名のアルファベット順に収録した。なぜ、ニューヨークかと言えば、詩の生成において、ボストン、シカゴ、サンフランシスコ、ロサンジェルスなど他の大都市に比べても、相変わらず飛び抜けて活発だからだ。ニューヨークがアメリカ詩の縮図とは言えないが、面白いアンソロジーを地域限定で作ろうと思えば、やはりニューヨークということになる。

収録したのは、人種的民族的文化的に多様な背景を持つ詩人たちが中心で、ニューヨークの中でも、黒人や移民が多いブルックリン区生まれ、あるいは在住の、経済的下層出身者が目立つ。当然ながら政治にコミットした詩も多い。一方で、政治に距離を置くニューヨーク派第二世代と呼ばれる詩人たちも入っている。他州出身の詩人によるニューヨークを主題にした作品も取り上げた。ニューヨークとは縁が薄いが、編者ライトの思い入れの深い詩人の作品も数篇ちりばめた。自作一篇を入れた編者自身がテキサス州出身である。したがって"36 New York Poets"というタイトルは実のところ正確とは言えないのだが、そこはアンソロジー編者に与えられたライセンス（裁量権）の範囲内とご理解頂きたい。

訳文からも分かると思うが、平明な口語英語で書かれ、日常的な事象を主題にした詩がほとんどである。政治、人種民族、経済格差、犯罪、疾病、戦争、恋愛、家族をめぐる諸問題と真剣に向き合った詩も、都会的なウィットやユーモアを忘れていない。スラム街の生活実感が伝わってくる詩も見られる。ファニーな笑える詩も少なくない。ブラックなユーモアもある。謹厳居士大姉の顰蹙を買いそうな詩もある。ユニークな昆虫・動物詩が数篇、野球狂の詩が二篇、等々。一方で、大学の教室で分析対象となり得るような、引喩《アリュージョン》に富んだ難解な詩はまれである。

＊

本アンソロジーの歴史的背景をご理解頂くために、まずは二十世紀のアメリカ詩をごく粗雑に概観しておきたい。

一九一〇年代、二〇年代は、ヨーロッパのモダニズム運動（キュビスム、ダダ、未来派）と連動した前衛的な詩の時代だった。エズラ・パウンド、ガートルード・スタイン、ウィリアム・カーロス・ウィリアムズらが、このアメリカ・モダニズムを主導した。英詩の伝統からの脱却、口語自由詩（フリーヴァース）、インターナショナリズムが特徴であった。大不況と社会主義運動の三〇年代に入ると、それに対する反動として、批評家T・S・エリオットを旗印にして、南部の新批評家（New Critics）たちが、理論先行の詩学（定型詩、英詩の伝統への回帰、個性の滅却、「意図の誤謬《インテンショナル・ファラシー》」論、統一性《ユニティ》崇拝、等々）を提唱し、第二次世界大戦後、大学の文学教育を席巻するに至った。良くも悪くもグローバル化が進む現時点から振り返ると、なぜこのような狭小で保守的な詩学が猛威をふるったのかは、歴史的イデオロギー的な文脈に照らしてみない限り、理解しにくい。

この多分にアカデミックな潮流に対する反抗の最初の徴候は、チャールズ・オルソンの「投射詩」論（"Projective Verse" 1950）であった。オルソンは、盟友ロバート・クリーリーの言葉を借りて「形式は内容の延長以上のものではけっしてない」（"Form is never more than an extension of content."）と断じた。ウィリアムズはその『自叙伝』（*Autobiography* 1951, アスフォデルの会訳、思潮社、二〇〇八年）の第五十章にこの詩論の全文を掲載し、（十全には理解し得なかったが）支持を表明した。さらなる反抗運動はアレン・ギンズバーグの「吠える」（"Howl"）によって開始されたが、これはいまさら強調するまでもなく、すでによく知られた歴史である。ギンズバーグも若い無名時代、同郷のウィリアムズを文学上の父親のように慕った。新批評の詩学への反抗運動は、アメリカ各地に広がり始めていた。

これらの反抗運動というか、新しいアヴァンギャルド運動をいち早く紹介したのが、一九六〇年刊の、ドナルド・アレン（Donald Allen）編の画期的なアンソロジー *The New American Poetry*（New York: Grove Press: 1960）であった。アレンは、当時のポエトリー・シーンを、五つのグループにカテゴライズしてみせた。

（一）ブラック・マウンテン派（オルソン、ロバート・ダンカン、ロバート・クリーリー、デニーズ・レヴァトフ、他）。
（二）サンフランシスコ・ルネサンス派（ジャック・スパイサー、ローレンス・ファーリンゲッティ、ウィリアム・エヴァーソン、ロビン・ブレイザー、他）。
（三）ビート派（ギンズバーグ、グレゴリー・コーソ、ジャック・ケルアック、他）
（四）ニューヨーク派（ジョン・アシュベリー、フランク・オハラ、ケネス・コーク、ジェイムズ・スカイラー、バーバラ・ゲスト、他）。
（五）その他の詩人たち（ゲーリー・スナイダー、フィリップ・ウェーレン、リロイ・ジョーンズ［アミリ・バラカ］、他）。

アレン自身が認めるように、このグループ分けはいささか恣意的だが、それは（一）のダンカンが（二）とも関係が深く、（五）のスナイダーが評者によっては（二）あるいは（三）に入れられたりするからだ。

この五つのグループに加えて、アレンの本が出版される直前の一九五九年には、新批評家グループから離反したロバート・ロウエルが『人生研究』（*Life Studies*）を発表していた。新批評の標榜する「個性の滅却」に真っ向から反逆し、自身のみならず家族や一族の弱さ、醜さを臆せず赤裸々にさらけ出した。ロウエルとロウエルのもとで詩作を学んだシルヴィア・プラスとアン・セクストンらは、後に告白派（The Confessional Poets）と呼ばれるようになる。

六〇年代以降、アメリカ社会は価値観の大変動を経験した。公民権運動とそれに続く第二波フェミニズム、ベトナム反戦運動が主たる要因であった。黒人と女性が自分たちにふさわしい声を探し求め始めた。フェミニストのモットー「個人的なことは政治的なこと」（"The personal is political"）によって、抒情詩における政治へのコミットメントもタブーではなくなった。黒人と女性の解放運動は、それまで沈黙してきた民族的、性的マイノリティの人々をも詩の発表・出版に向かわせた。七〇年代には多くの大学に創作科が設置され、詩人たちが職を得ると同時に、創作科出身の詩人たちが活躍するようになる。

したがってドナルド・アレンが設けたカテゴリーは、早くも六〇年代の終わりには、その輪郭を失いかけていた。それはアメリカ詩がより一層の豊穣と混沌に向かい始めていることを意味した。

＊

『アメリカ現代詩一〇一人集』は実質五〇〇頁の本であったが、アレンのカテゴリーに入る詩人たちをほぼ網羅し、加えてアレンのアンソロジー以降に登場してくる告白派詩人、黒人詩人、フェミニスト詩人、さらには、新批評の系譜に連なる詩人たちをも収録している。末尾の約一〇〇頁では、告白派第二世代の詩人たちや先住民詩人、ヒスパニック系、日系、中国系の詩人たちが取り上げられ、多民族・多文化的様相が際立ち始めている。

本書は、この『一〇一人集』末尾に見られる二十世紀末のアメリカ詩の様相をさらに拡大・敷衍したものとも言える。

収録詩人と作品は、編者ライトの友人であった詩人・編集者ロバート・ハーションが実質的に運営する出版社 Hanging Loose Press から詩集を出した詩人たちと、同社の *Hanging Loose* magazine に掲載された作品が大半を占めている。したがって、本書は"An Anthology of Hanging Loose Poets"と称してもよいくらいである。

前述したように、一九六〇年代のアメリカはあらゆる意味で激動の時代だったが、雑誌（詩誌）の出版においても、謄写版（ガリ版）印刷革命と呼ぶべきものが起きた。印刷術についてまったく知識のない素人でも、少部数の小冊子をローコストで発行できるようになった。無数の雑誌が誕生したが、多くは数号で消滅していった。そのなかで今日まで続いているリトル・マガジンのひとつが *Hanging Loose* である。

　この雑誌は、一九六六年、ロン・シュライバー（Ron Shreiber, 1934 - 2004）、エメット・ジャレット、ディック・ルーリーにロバート・ハーションを加えた四人の無名の若い詩人たちによって創刊された。以来ずっと複数の編集者による民主的な共同編集体制（co-editorship）を維持している。雑誌の前身は、一九六三年、当時コロンビア大学のティーチング・アシスタントだったシュライバー（後にボストン大学教授）と大学院生のジャレットが始めた小雑誌 *Things* であった。雑誌名はウィリアム・カーロス・ウィリアムズのモットー"No ideas but in things"（「事物を離れて観念はない」）に由来する。三号出しただけで行き詰まった *Things* を引き継いだのが *Hanging Loose* である。二人の新たな共同編集者が加わった。ルーリーを誘ったのはジャレットで、二人はデニーズ・レヴァトフ（Denise Levertov, 1923 - 97）が初めて開いた詩のワークショップで出会っていた。ハーションは *Things* の寄稿者だった（ブルックリン生まれのハーションは最初ジャーナリスト志望だったが、一九五七年、たまたまサンフランシスコのノース・ビーチで暮らすことになり、その界隈のバーで詩人たちと一緒に飲むうちに、詩に関心を持ち始めた）。創刊の話し合いは、レヴァトフのマンハッタンのアパートで行われた。

　レヴァトフは、ノースカロライナ州にあったブラック・マウンテン・カレッジで一度も教えていないにもかかわらず、先述のドナルド・アレンのアンソロジーではブラック・マウンテン派に分類されている。それはイギリスから移住してきたレヴァトフがロバート・ダンカンを詩のメンターと仰ぎ、かつ *Black Mountain Review* の常連の寄稿者となったからだが、同時に彼女は晩年のウィリアムズにも師事しており、彼女自身が教えた無数のワークショップでは、常にウィリアムズの件のモットーを「マントラのように」連呼した。一方で、イギリス時代の彼女の詩の才能をいち早く見出したのは、サンフランシスコ・ルネサンス派の黒幕であったケネス・レクスロスであった。彼女をウィリアムズやサンフランシスコの出版社シティ・ライツに紹介したのもレクスロスだったらしい。無政府主義者のレクスロスは、若い頃からさまざまな政治的社会的運動にコミットした。太平洋戦争中は、日系アメリカ人が強制収容を逃れる手助けもした。同じく政治的には左翼のレヴァトフもベトナム反戦運動に積極的にコミットした。プロパガンダまがいのダイダクティックな反戦詩は手厳しい批判を浴びたが、このコミットメント体験が彼女の詩業全体に人間的奥行きを与えている。さかのぼって、一九一〇年代、二〇年代のウィリアムズは政治的なアクティヴィストではなかったが、経済的下層に留め置かれた黒人や移民、無名の隣人を詩の対象とするという、時代に先駆ける革命的なパラダイム転換を、自作の中でのみだが、やってのけた。そのおかげで、五〇年代まで長く無名詩人に甘んじなければならなかった。その先見性を認める者も、追随する者もほとんどいなかったからだ。

したがって *Hanging Loose* は、ウィリアムズ＝レクスロス＝レヴァトフの系譜に連なる詩誌とも言える。レヴァトフは二十五号まで寄稿者を兼ねる編集者の一人であった。

一九八〇年、ジャレットに代わりマーク・ポーラクが編集陣に加わった。ポーランド系の労働者階級出身のポーラクは、レヴァトフのマサチューセッツ工科大学におけるワークショップに参加して以来、彼女に親しく師事した。昨秋、興味深い裏話を含む回想記を出版している（*My Deniversity: Knowing Denise Levertov*. MadHat Press, 2021）。シュライバーをのぞく四人の詩人＝編集者たちは本書に収録されている。

＊

Hanging Loose magazine は、創刊号から二十二号までは、ホッチキスで仮綴じさえされていない数枚の紙葉が、封筒型の表紙に入れられただけの体裁だった。封筒表面も若いアーティストの前衛的な作品で飾られた。"hanging loose" は、スクエアな競争社会から一歩身を退いて、自分らしさを優先するヒップな生き方を意味する流行語だったが、この雑誌名は、封筒を逆さに振ると詩が書かれた紙が「パラパラと」落ちてくるという体裁にも由来していた。「気に入った詩があれば壁に画鋲で留めるのもよし、気に入らなければナプキン代わりに使い捨てるのも、裏をメモ用紙代わりに使うのもよし」というのが編者たちのポリシーだった。当初は年四回発行の季刊（quarterly）として出発したようだが、年によって変動があり、平均すると年二回の

発行という実績である。最新号は一一二号で、昨年二〇二一年は創刊五十五年目であった。（Hanging Loose Press のウェブサイトは、誰が何を何号に寄稿したかすぐに分かる便利な総索引［Magazine Index］を完備している。https://www.hangingloosepress.com/）。

著名な詩人・作家にあえて寄稿を求めず、新人・若手・高校生に作品発表の場を提供し続けているのが、ブルックリンの雑誌ならではの特徴である。「高校生詩人セクション」出身の詩人には、本書収録のジョアナ・ファーマンやナターシャ・ル・ベルがいる。不遇な年配の詩人にも紙幅を割いている。創刊当初の六〇年代から、内容に関して制約をいっさい設けず、セックス、ドラッグ、死、不安、憎悪等を取り上げたすぐれた詩を臆することなく掲載した。

七〇年代に入って、シュライバーの詩集 *Living Space*（1972）を出版するために Hanging Loose Press が立ち上げられた。本格的に本の出版に乗り出すのは七〇年代半ばからである。大手の出版社からリジェクトされた詩人たちや、出版機会に恵まれない詩人たちの詩集を出し始めた。現在までの出版点数は二百五十を超えている。最近、ロバート・ハーションに代わり、*Hanging Loose* magazine 出身のジョアナ・ファーマンとキャロライン・ヘイグッドが編集者に就任し、現在に至る（以上の記述は、主として Hanging Loose Press のウェブサイト上の情報、ジョアナ・ファーマンのハーションへのインタビュー記事［二〇一六年］、および現編集者のマーク・ポーラク氏が直接提供してくれた情報と資料による）。

＊

本書の詩人と作品の選定に当たって、編者ライトはハーション氏との四度におよぶ面談と手紙やメールのやり取りによって、綿密な協議と折衝を重ねた。ハーション氏は、必要な詩集や資料を惜しみなく提供してくれた。結果的に、編者にハーション氏を含むアンソロジー *Voices of the City*（Hanging Loose Press, 2004）に収録された十数篇の詩が本書にも採用されることになった。版権についても、ライトは同氏から許可を得た（詩人たち自身から直接得た場合もある）。ハーション氏の寛大な協力なしに本書は生まれなかった。残念ながら、同氏は本書の出版を待たず、昨年三月二十日に他界した。

また、本書はマーク・ポーラク氏編のアンソロジー *Present/Tense: Poets in the World*（Hanging Loose Press, 2004）にも範を仰いだ。十四人の詩人が重複している（ただし作品の重複は二篇のみ）。副題の"Poets in the World"は、レヴァトフの詩論集 *The Poet in the World*（New Directions, 1973）に由来する。「俗世の詩人」とも「浮世の詩人」とも訳せよう。象牙の塔にこもりがちな新批評的な詩風に当てつけたアンチテーゼであった。

本書構想から十年近くが経過した。遅延の主要な原因は、訳者の多忙にかこつけた怠惰であった。前述の『一〇一人集』を編者ライトと共に主導された沢崎順之助先生も、昨年四月十二日に逝去され、高覧に供することが叶わなかった。長い準備期間のあいだに逝去した詩人も少なくない。慙愧に堪えない。

装幀は、現在「現代詩手帖」の装幀を担当されている戸塚泰雄さんにお願いした。出版に際し、編集担当の藤井一乃さんに、一方ならぬお世話になった。入念な編集作業に加えて、網羅的な事実確認には大いに助けられた。二十数年前、入社早々『一〇一人集』を担当された高木真史さんには、今回、本書の一部を「現代詩手帖」(二〇二二年二〜四月号)で紹介するにあたり、企画を後押しして頂いた。感慨深い。編者、訳者ともども、おふたりに心からお礼申し上げます。

二〇二二年六月一日

D・W・ライト
江田孝臣

マダム・Tに会う　170
出立、死の予兆、「ぼくはもうすぐ雪になる」　176
過去の作品を全否定　181
逮捕と赦免　182
最後の日々　183
最後の言葉　184, 185, 186, 187, 188, 189, 190

＊ポール・ヴィオーリ作。アイデア勝負の詩。二作目や模倣はあり得ない。順に読んでいくと、架空の前衛画家・詩人・性格破綻者の苦悩に満ちた生涯がおぼろげながら見えてくる。

索引
Index

D. W. ライト
デイヴィッド・ウォルトン・ライト（David Walton Wright）。
詩人・アンソロジスト。1957年、ミシシッピ州生まれ。テキサス州で育つ。ウィスコンシン大学修士課程修了（英米文学）。同大学で日本語を学ぶ。*New American Writing, Exquisite Corpse, Hanging Loose* 等の雑誌に詩を発表。宮沢賢治、草野心平、金子光晴など日本の詩も研究している。立命館大学、昭和女子大学、明治大学ほかで教える。編書に『アメリカ現代詩101集』（思潮社、1999年）。東京在住。

江田孝臣
1956年、鹿児島県生まれ。早稲田大学文学学術院名誉教授。
東京都立大学大学院博士課程退学。早稲田大学文学学術院助教授、教授（2003－2020年）。著書に『エミリ・ディキンスンを理詰めで読む──新たな詩人像をもとめて』（春風社、2018年）、『『パターソン』を読む──ウィリアムズの長篇詩』（春風社、2019年）。翻訳書にD.W. ライト編『アメリカ現代詩101人集』（共訳）、『完訳エミリ・ディキンスン詩集（フランクリン版）』（共訳、金星堂、2019年）、ルイーズ・グリュック『アヴェルノ』（春風社、2022年）など。

36 New York Poets
ニューヨーク現代詩36人集

編者　D. W. ライト

訳者　江田《えだ》孝臣《たかおみ》

発行者　小田久郎

発行所　株式会社思潮社

〒162-0842　東京都新宿区市谷砂土原町3-15
電話03-5805-7501（営業）／03-3267-8141（編集）

印刷・製本　三報社印刷株式会社

発行日　2022年8月31日